本书获
2019 年贵州省出版传媒事业发展
专项资金资助

班超经营西域的故事

赵恺 著

贵州出版集团
贵州教育出版社

图书在版编目（CIP）数据

班超经营西域的故事 / 赵恺著 . -- 贵阳 : 贵州教育出版社 , 2021.6（2022.8重印）
（星光丛书）
ISBN 978-7-5456-1392-6

Ⅰ . ①班… Ⅱ . ①赵… Ⅲ . ①班超（32–102）—生平事迹—通俗读物 Ⅳ . ① K827=34

中国版本图书馆 CIP 数据核字（2021）第 103974 号

班超经营西域的故事
BANCHAO JINGYING XIYU DE GUSHI
赵　恺　著

出品人　玉　宇
责任编辑　廖　波　郁　艳
出版发行　贵州出版集团　贵州教育出版社
地　　址　贵阳市观山湖区会展东路 SOHO 区 A 座
（电话 0851–86828567　邮编 550081）
印　　刷　三河市燕春印务有限公司
开　　本　889mm × 1194mm　1/32
印　　张　6.5
字　　数　135 千字
版　　次　2021 年 6 月第 1 版
印　　次　2022 年 8 月第 4 次印刷
书　　号　ISBN 978-7-5456-1392-6
定　　价　28.00 元

目　录

楔　子

虎穴：外交首秀，班超遇险

第一章

春秋：两汉之交，班家沉浮

第二章

投笔：告别书吏，志在远方

第三章

从戎：出击匈奴，班超建功

第四章

孤立：西域纷乱，班超坚守

第五章

威远：文武兼用，交往诸国

第六章

擢升：班超连胜，班固升官

第七章

功成：用兵北境，经营西域

第八章

玉门：班超晚年，万里封侯

楔　子

虎穴：外交首秀，班超遇险

◆ 扜泥城下：夹缝之中，鄯善难为 ◆

今天已经干涸成为荒漠的罗布泊，在东汉时期仍是烟波浩渺的蒲昌海。在这片水域的南岸，那昔日名为楼兰的古国，此时虽已易名为“鄯善”，但因其占据着丝绸之路的要冲而商贾云集，也同样因为所处的地理位置，时常面临着两难的抉择。

按照《后汉书·西域传》中的记载，此时的鄯善国有一千五百七十余户，共计一万四千余口。这个战时可以动员出二千九百余人的小国，在西域诸国中，已非弱者。特别是在鄯善国王广趁着汉朝势力退潮之际，纠集了诸国联军三万余人，一举击败了西邻的世仇——莎车国。鄯善也乘势崛起，一举吞并了周边的小宛、精绝、戎卢、且末诸国，俨然是地区一霸。

但是鄯善的强大终究不过是体现在西域小国间的蜗角之争中。在左右着亚洲政治格局的草原部落联盟——匈奴和农耕文明代表的汉朝面前，鄯善显然无力左右自己的命运。正是源于如此悬殊的力量对比，即便是在相安无事的情况之下，这两大势力甚至无须直接出兵，只要派出百余人规模的使团便足以彻底颠覆鄯善国内的政治生态。此时的汉朝与北匈奴正在绵延数千里的边境上相互攻伐，鄯善国上下皆屏气凝神地关注着这场战争的胜负。

不久，天山南麓便传来了汉军大败北匈奴呼衍王部的消息。多年以来饱受北匈奴袭扰和欺凌的鄯善国百姓得知后，无不欢欣鼓舞、奔走相告。但对于鄯善国一干王公贵族而言，汉朝的卷土重来却意味着新一轮的权力洗牌，在没有摸清汉朝对自己的态度之前，所有人都不免提心吊胆。

该来的，终究还是会来的！这一天，一队身着中原甲胄的铁骑突然出现在了鄯善国都扜泥城的郊外。虽然他们人数不多，但其身上的衣着服饰却已代表了大汉王朝的赫赫天威。鄯善国王广当即亲自出城迎接。

在交谈中，鄯善国王广很快了解到这支使团并非由汉朝的首都洛阳出发的，而是由汉军前线指挥官奉车都尉窦固派来的。因此整个使团只有区区三十余骑，为首的也不过是窦固麾下的从事郭恂和假司马班超而已。作为一个曾经深受汉朝文化影响的西域国家，鄯善国王广知道奉车都尉虽然掌管着汉朝皇帝的御乘舆车，却不过是秩比二千石的中级军官，因此身为窦固身边从事的郭恂，自然也就是个小小的掾吏。至于那个班超，也不过是军中秩比千石的司马副贰。

除了质疑这个使团的规格不够外，鄯善国王广还对此时的战局发展心怀疑虑。尽管北匈奴呼衍王部兵败天山南麓，但据说汉军只不过斩首了千余级，这点损失对于长期以来驻牧天山的北匈奴而言，恐怕远谈不上伤筋动骨。相较之下，此番出击西域的窦固、耿忠部却仅为汉朝酒泉等地的边防军，即便算上卢水（又称泸水）流域的羌、胡雇佣军，总兵力也不过一万二千余人。战争如果继续这样打下去，谁胜谁负，恐怕孰难预料。

正是基于这样的判断，鄯善国虽然对郭恂、班超保持着极大的礼遇，但却始终没有展开正式的外交会谈。因为鄯善国王广很清楚窦固派此二人前来的目的，无非是要求自己在政治、经济、军事领域给予配合。具体来说，第一，便是旗帜鲜明地与北匈奴决裂，重新归附汉朝，为西域诸国做出表率；第二，打开国库、粮仓，源源不断地向汉朝远征军运送钱粮，以支持其与北匈奴的长期作战；第三，有必要时那位假司马班超恐怕还会接管鄯善国军队的指挥权，以便选拔精壮兵士开赴前线，配合窦固部的作战。

上述事情鄯善国王广不是不能去做，但要自己以一国之君的身份对一个从事、一个假司马言听计从，他却实在心有不甘。所以他宁可将这三十余人先供养起来，待汉、匈两方分出胜负之后，再决定是与之共赴窦固的军营祝捷，还是将他们的人头送往北匈奴呼衍王的王庭谢罪。

鄯善国王广的如意算盘打得虽响，却忽视了北匈奴也同样对鄯善国虎视眈眈。汉朝使团抵达打泥城后不久，一支百余骑的北匈奴使团也疾驰而至。他们对鄯善国王广表示呼衍王部虽遭小挫，但主力仍在。更已遣使西域诸国，不日便将组建联军，大举反攻。鄯善国作为北匈奴的属国，此时理应负弩前驱，加入围攻汉朝军队的行列。

鄯善国王广虽不知北匈奴使团的这些话里究竟有多少水分，却也同样不敢贸然得罪他们，只能同样给予优厚的待遇，并小心翼翼地保持着汉、匈两国的使团虽同在鄯善国内，却并不知道彼此存在的状态。可惜纸终究是包不住火的。

◆ 西域往事：汉朝使团，困境非小 ◆

《后汉书·班超传》中记载了班超发现北匈奴使团抵达鄯善国后与部下的一段对话：“宁觉广礼意薄乎？此必有北虏使来，狐疑未知所从故也。明者睹未萌，况已著耶！”这段话翻译成白话文的意思是：“你们难道没有发觉鄯善国王广对我们的态度变得冷漠了吗？这一定是因为北匈奴使者也来到了这里的缘故，让他满怀狐疑，不知道该倒向哪一边。头脑清醒的人能够预见到还未发生的事情，何况现在事实已经明摆着了啊！”

一般认为这段话是班超在训诫他的部下警惕性不够，但联系此后所发生的一系列事情，这些话似乎更像是班超对同行的郭恂所说的。根据相关史料的记载，汉朝的外交使团一般设有正使和副使，具体的分工一般是正使负责外交工作，副使负责保卫工作。

如张骞使团在第一次出使西域时，除正使张骞外，汉武帝刘彻特意任命甘父担任副使。而在郭恂和班超之间，虽然表面上看班超的职务要略高一些，但郭恂身为窦固的从事，极有可能是这位国舅爷（窦固的妻子为光武帝刘秀之女涅阳长公主）的心腹。因此，在这个不大的使团之中俨然是“正使”。

身为从事的郭恂或许长于案牍，但显然没有处理重大事件的决断能力。在整个使团抵达扜泥城之后，他似乎满足于鄯善国对其的礼遇和厚待，完全将窦固交代的外交使命抛诸于脑后。正是眼见其如此麻痹大意，班超才会愤然发出“明者睹未萌，况已著耶！”的强音。

可惜，在班超的强烈示警下，郭恂却依然我行我素。因为在他看来，鄯善国王广之所以首鼠两端，无非是因为汉、匈胜负未分。那么只要战场局势一天不明朗，那么鄯善国王广便一天不敢动他分毫。而只要自己的长官窦固取得了决定性胜利，鄯善国王广必然会第一时间倒向汉朝，他的使命自然也就圆满完成。纵使窦固兵败天山，他也能将未能说服鄯善的责任推给外部环境的不利。

对于郭恂这些职业官僚不求有功，但求无过的想法，曾当过一段时间兰台令史的班超可谓再熟悉不过了。也正是因为不愿与他们和光同尘，班超当年才做出了投笔从戎的决绝选择。此刻他对于整个使团乃至窦固部的困境，可谓是洞若观火。

在班超看来，自汉朝和北匈奴的使团先后抵达以来，鄯善国王广虽然尚未最终决定其外交倒向，但心里的天平一旦失衡，便再难复位，任由其潜移默化地发展下去，最终必然发展成为北匈奴使团一声喝令，鄯善国王广便将班超等人捆绑送上。即便鄯善国不敢直接得罪汉朝，可只要他们“睁一只眼、闭一只眼”，仅有区区三十余名部下的汉朝使团也无法抵挡百余名北匈奴骑兵的围攻。

相比于个人的生死荣辱，班超更为担心的是鄯善国倒向北匈奴之后，会对整个战局造成非常不利的影响。自从冒顿单于统一草原以来，北匈奴便凭借着骁勇的骑兵，大肆劫掠和控制西域诸国，不断从当地获取马匹、铁器等战争资源。

为了阻断匈奴的这一重要通道，汉武帝刘彻于建元二年（公元前139年）命郎官张骞率团西行。张骞使团历时十三年的艰苦跋涉，方才回到长安。尽管随行的百余人大多中途失散或生死不明，但张骞此行终究为汉朝与西域诸国建立起了外交联系，为此后汉朝远征军在漠北正面战场重创匈奴主力，最终将其赶出西域打下了坚实的基础。

经过多年的努力，汉朝与西域诸国建立了稳固的外交关系。神爵二年（公元前60年），汉朝在乌垒城（今新疆轮台县）设置了“西域都护府”，并任命郑吉为首任西域都护。

西域都护府的设置，极大地保证了丝绸之路的畅通，加强了汉朝与西域之间的经济文化交流。在此后的数十年间，汉朝始终在西域日常政治事务中占据着主导地位。可惜这一良好的政治局面，却最终由于王莽的倒行逆施而全盘葬送。

始建国二年（公元10年），因不满王莽擅自将此前汉朝册封给匈奴单于的印绶，由“玺”改为“章”。曾一度向汉朝俯首称臣的匈奴再度挑起了两国之间的边境战争。

匈奴骑兵逼近边境，王莽本应增强北方各郡的防守来应对，但这位新朝天子竟幻想起“以夷制夷”来。他任命自己的心腹广新公甄丰为特使，试图纠集西域诸国的军队攻击匈奴侧翼。王莽此举在汉朝的历史上，倒也不乏成功先例。因一句“以犯我强汉者，虽远必诛”而名垂青史的陈汤，昔日便是以特使的身份，假托汉朝的旨意，调动了西域诸国的数万大军，成功歼灭了在康居国境内横行无忌的匈奴郅支部。

王莽虽然与陈汤并不生活在同一个时代，但他对这位英雄却颇为敬佩，在掌权之后还特意追谥陈汤为“破胡壮侯”。但王莽却显然忽略了陈汤担任特使之前，本就是身为西域都护府副校尉的职业军人，而甄丰却只是一个擅长“校文字部，改定古文”的老学究。他擅长古文书法，通过伪造符命天书来为王莽张目而身居高位，根本没有处理复杂军事和外交事务的能力。

另一方面，陈汤出使西域正值匈奴内乱，呼韩邪、郅支等五部相互攻伐之际，郅支单于在内战中失利，向西流窜依附于康居国王。而后郅支单于虽然借助康居国的支持，一度击败了大宛、乌孙等国，但终究实力有限。陈汤以汉朝特使的身份整合西域诸国的力量，自然就轻松将其剿灭了。

现在匈奴经过四十多年的休养生息，国力早已凌驾于西域诸国之上。王莽指望甄丰动员西域各国围攻匈奴的想法，可谓是驱策群羊去攻击猛虎。果然甄丰尚未动身，地处玉门关连接西域交通要道之上的车师后部首领须置离便以自身国力无法支撑新朝调用为由，主张举族投降匈奴。然而须置离的计划被驻守当地的汉朝戊已校尉刁护获悉，当即将他逮捕押送至西域都护府。

时任西域都护的但钦似乎也是个根本不懂怀柔之道的莽夫，竟直接将须置离判处了死刑，此事直接让车师后部与新朝的关系瞬间陷入了决裂。须置离的哥哥狐兰支随即率领两千余人投奔匈奴，然后与匈奴联手攻破车师城，切断了中原与西域的联系。

车师的易手，令昔日汉朝驻守当地的屯田军陷入进退两难的困境。陷入绝望之中的一干基层军官，在陈良、终带等人的策动下发动兵变，杀死了病中的戊己校尉刁护，同时裹挟着驻军及眷属约两千余人投奔了匈奴。最终王莽调动西域诸国进攻匈奴的计划导致了汉朝好不容易在当地扎下根来的屯田军全部丧失，一度从匈奴手中解放出来的西域诸国也悉数切断了与汉朝的联系。始建国五年（公元 13 年），在西域诸国纷纷依附匈奴的情况下，西域都护府所在的乌垒城被攻克，西域都护但钦被杀。

从但钦人头落地的那一刻算起，西域已经脱离汉朝的控制达六十年之久。这一甲子的岁月中，无尽的战乱和杀戮，给西域带来了多少苦难，班超不得而知。他唯一可以肯定的是，此刻随着汉朝远征军再度兵临天山脚下，一切都将重新步入正轨。但前提是，西域诸国必须给予汉军足够的支持。

班超深知窦固手中兵力有限，且距离酒泉等后方基地也有千里之遥。如果得不到西域诸国的支持，显然无法与北匈奴长期相持，因此窦固才将郭恂、班超派往鄯善国，力图从这个历史上与汉朝关系最为紧密的西域小国身上打开突破口。

可惜窦固的计划被北匈奴识破。北匈奴使团的到来，便是呼衍王封堵汉朝与西域诸国交往的重要一环。如果没有办法破局，非但汉朝使团危在旦夕，窦固重新打通与西域联系的计划也终将破产。

焉得虎子：副使班超，当机立断

面对空前棘手的局面，班超并未坐以待毙。他首先找来了负责招待使团的鄯善国侍者，一本正经地对他说道："北匈奴使团已经来了好多天了，他们现在住在哪里？"侍者显然接到了鄯善国王广隔绝汉朝和北匈奴使团彼此接触的命令，因此对于班超突如其来的提问颇为惶恐。为了不让班超把事情搞大，惊动鄯善国王广，这位侍者只能将自己所掌握的北匈奴使团的情况和盘托出。

在搞清楚了北匈奴使团的兵力、驻地等情报后，班超先命人将这位侍者关押起来，他随即又准备了酒菜，召集使团中除了郭恂之外的所有人。在一番吃喝之后，班超突然停杯不饮，故作感叹地说道："我和大家之所以远离家乡，来到这遥远的异域边疆，为了便是建立战功，以求荣华富贵，可现在北匈奴使团也来到了这里。如今，鄯善国对我们的态度越来越差，他日便有可能将我们绑送匈奴。届时大家恐怕都不免曝尸荒漠，被豺狼啃食，为之奈何啊？”

此时使团的绝大多数人其实也已经感受到了鄯善国内部的紧张政治气氛，因此听班超这么一说，不无群情汹涌地答道：“大伙都身处绝境，是死是活，全凭班司马做主！”眼见士气可用，班超这才从容地说道：“‘不入虎穴、焉得虎子’。眼下唯一的办法，只能是借着夜色的掩护，对北匈奴营地展开火攻。对方一时不知道我们的真实兵力，一定会惊慌失措，我们正好将其一网打尽。消灭了北匈奴使团之后，鄯善国也就失去了依仗，我们的使命便能顺利地完成了！”

虽然在酒酣耳热之际，人不免会有所冲动，但要以区区三十余人去夜袭北匈奴百余人的营地，使团之中还是有人打起了“退堂鼓”，但他们不敢公然违逆班超，只能以“此事当与从事议之”来搪塞。他们口中的从事，指的自然是郭恂。显然大家都了解郭恂胆小怕事，绝对不会同意这铤而走险的计划。

按照官场惯例，班超即便看穿了这些人的伎俩，但碍于自己与郭恂之间的同事之谊，恐怕也只能暂缓行事。但偏偏班超生平最为痛恨的便是那些尸位素餐的职业官僚，竟借着酒兴呵斥道：“咱们所有的生死凶吉都系于今日，哪有时间去和从事那个庸俗的文吏磨嘴皮子。一旦计划泄露，大家只怕都要死得不明不白，我看事情就这么办了吧！”

班超的这番话虽然说得不中听，但却直指所有人都必须共同面对的生存困境。是啊！既然继续等待下去也难逃一死，那何不放手一搏，杀出一条血路。最终在齐声叫好之下，三十余名大汉当即弩上弦、刀出鞘，趁着夜色闯出了驿馆，直扑北匈奴使团的营地。

行文至此，我们有必要分析一下汉朝使团的人员组成。一般来说，汉朝的外交使团除了正使、副使之外，还有大批被称为官属和吏士的中下级官员随行。其中官属又被称为“假吏”，即为俸禄百石以下的小吏。吏士则指参与使团工作的各类专业人员，一般以文、武分为“辩士”“勇士”“壮士”等。

辩士一般主要负责谈判中的交涉环节。如战国中后期，赵国平原君赵胜门下自荐使楚的毛遂，便是一位“以三寸之舌，强于百万之师”的辩士。而勇士、壮士除了负责保护正使之外，还有在谈判破裂时，威胁甚至劫持敌国重要官员的秘密使命。如秦国左庶长商鞅便曾利用会盟之际，用随行的壮士劫持了自己的昔日好友、魏国重臣公子卬。

另外，根据出使任务的需要，在使团之中往往还会配备其他的特殊专业人才，其中负责翻译工作的译者和治病救人的医者是最不可或缺的。此外，还有一些其他随行人员，如御者、厨工、铁匠等。

为了应对沿途可能出现的危险，汉朝使团中往往会编入担任武装护卫的士卒和斥候，其数量往往不会超过使团总人数的三分之一。由于班超一行并非汉朝的官方使团，而是由窦固在远征军中临时组建的，所以班超统率的三十余人可能均为精锐的士卒和斥候。

尽管汉朝使团的战斗力强，但北匈奴使团仍占据着绝对的优势。毕竟北匈奴人常年生活在马背之上，早已形成了全民皆兵的动员体制。此番出使鄯善国更着重于武力威慑，因此这百余人的使团实际上便是一支小规模的军队。

正因为保持着军队的建制，北匈奴使团占据着打泥城内一座独立的建筑物。在鄯善国的礼遇和厚待之下，北匈奴似乎还不知道汉朝使团的存在而放松了戒备。当班超率领全副武装的部下到达他们的营地附近时，竟没有发现一个北匈奴哨兵。班超随即命十名士兵携带战鼓埋伏于北匈奴使团所驻扎建筑物的后方，并告诫他们等见到前方火起，便一起擂鼓，齐声呐喊。随后班超又命剩下的二十余名士兵架起弓弩，在建筑物的各主要出入口张望以待。班超则亲自摸上前去，顺风纵火。

随着火光燃起，班超的行动也随即被北匈奴人发觉。一批北匈奴士兵随即冲杀而出，试图在杀死班超之后，再全力救火。班超在孤立无援的情况下，奋勇死战，最终硬是独力杀死了三名北匈奴士兵，将对手又压制回了建筑物内。此时大火已经熊熊燃烧起来，被惊醒的北匈奴士兵在使团首领的带领下，试图从建筑物的各个出口冲杀而出。

关键时刻，汉军在武器装备上的优势便显现了出来。强劲的军用弩在黑夜之中借着火光不断射倒试图冲出来的北匈奴士兵。此时班超事先埋伏好的鼓手乘势鼓噪，营造出一副千军万马大举来袭的架势。本就胆战心惊的北匈奴士兵在关键时刻失去了斗志，竟选择撤回建筑物内固守。随着大火的迅速蔓延，最终北匈奴近百人悉数葬身于火海之中。

第二天清晨，坚守了一夜的班超人马才在化为了一片废墟的火场周边打扫战场。经过清点，北匈奴包括使团首领在内的三十多人死于汉军的弩箭之下，班超随即命人割下了他们的首级，这才回到驿馆向郭恂告知了昨晚所发生的一切。《后汉书·班超传》生动地记录下了郭恂当时的反应：“大惊，既而色动”。

我们很难相信在整个使团的绝大多数成员都慷慨激昂地与匈奴死战的情况下，身为正使的郭恂还能安卧如故？但作为一名职业官僚，“不曾与闻”便是最好的保护。班超如果成功了，自然是他领导有方。即便不幸失败，他也大可举起“毫不知情”的盾牌，逃回窦固的身边，去哭诉班超的一意孤行，以致坏了大局。在得知班超以三十余人便成功歼灭了百余人的北匈奴使团之后，他虽然本能地表示了惊讶，但随即便开始用脸色向班超展开了暗示。

必须指出，此时班超并不是人们想象中全无职场经验的少年英雄，而是一个经过最严酷“办公室政治”斗争的“老油条”。他一眼便看出了郭恂的意图，笑着表示：“掾虽不行，班超何心独擅之乎？”这句话表面上看，是在说：“郭恂你虽然没有参与行动，但我班超也不会独占其功的！”

仔细分析对话，其中却大有深意。首先，班超并未称呼郭恂的名字或者从事的职务，而是呼之曰“掾”，直接就把对方不过是一个小吏的老底给揭穿了。随后班超口中他不忍“独擅”的，显然也不仅只是昨夜全歼北匈奴使团的功劳，还有接下来与鄯善国的外交事务。毕竟这次出使，郭恂是正使，班超要与鄯善国王广交涉，仍需借助他的力量。

面对班超的恩威并施，郭恂也只能乖乖地表示自己心悦诚服，随即命人请来鄯善国王广，并向他展示了北匈奴使者的首级。鄯善国王广当即便失去了讨价还价的资本，连忙表示愿意将自己的儿子送往汉朝作为人质，同时将全力配合窦固在西域的军事行动。

后世大多以为，鄯善国王广之所以如此迅速地倒向汉朝，是缘于无法向北匈奴呼衍王解释其使团于打泥城中悉数被杀的尴尬。事实上，真正让鄯善国王广感到恐惧的，是自己身家性命的隐忧。因为就在一百多年前，鄯善国王广的一位先祖安归便是因为在汉、匈之间摇摆不定，而被汉朝使节傅介子所诛杀的。

傅介子是汉朝北地郡人，因在太仆寺所属的骏马监当差，而被派往西域的大宛国采购良马。由于前往大宛所要经过的楼兰、龟兹两国，都曾经截杀过汉朝的使团，因此当时执政的汉昭帝刘弗陵给了傅介子一份诏书，让他顺路前往责问。

汉昭帝刘弗陵的本意，或许只是想告诫楼兰、龟兹两国下不为例，但军人出身的傅介子却用诏书，唱出了一场大戏。他首先喝问楼兰国王说："我朝的大军马上就要抵达西域了，如果你们不曾勾结匈奴，为什么匈奴使者过境，没有向我朝报告？"楼兰国王一下子被傅介子唬住了，只能回答说："匈奴使者只是过境，现在应该已经通过龟兹，往乌孙去了。"

傅介子随即又前往龟兹，同样以放纵匈奴使者过境为由，予以责问。龟兹为了避免遭到汉朝的军事打击，随即在匈奴使者从乌孙返回时将其挽留，待傅介子从大宛买马归来经过时，率领兵卒将匈奴使团成员悉数斩杀。

傅介子回到长安后，随即因功被提升为中郎，并授予平乐监的职务。但傅介子并未因此而满足，便向大将军霍光建议：由他前往捕杀龟兹国王，以达到震慑西域诸国的目的。霍光认为龟兹距离汉朝太过遥远，要求傅介子将目标转向楼兰。

于是，傅介子带着大量金币重返西域，宣称要赏赐诸国。楼兰国王安归起初并不相信，直到傅介子抵达楼兰的西部边境，向楼兰随行翻译展示了所携带的财物，安归才急急忙忙地设宴款待傅介子。就在酒酣耳热之际，傅介子突然一声令下，两名壮士从背后刺死了安归。傅介子随即告谕楼兰的百姓："楼兰王安归辜负了汉朝的厚恩，天子命我前来诛杀他，并将册立楼兰此前留在我朝为人质的太子继位。现在大军已经从长安出发，如果有人敢轻举妄动，那么楼兰国便将覆灭。"

客观地说，傅介子刺杀安归的手段虽然谈不上光明正大，但长期以来，他与匈奴暗通款曲，不断截杀汉朝以及安息、大宛等国的使团，汉朝早已有心将其翦除，以安归的弟弟尉屠耆代之。因此，从某种角度来看，傅介子的行动可谓是解决两国矛盾最为有效且代价最小的一种选择。

元凤四年（公元前 77 年），楼兰新君尉屠耆带着汉昭帝刘弗陵所赐婚的汉宫侍女回到了楼兰。此后为了改变楼兰积贫积弱的局面，尉屠耆将王城由罗布泊西岸迁往南岸，正式改国名为“鄯善”。并邀请汉朝在其楼兰故地设都护府，置军侯，开井渠，屯田积谷，共同抵御匈奴。

或许刺杀安归之事，曾被鄯善国王广视为早已远去的历史，但在面对杀气腾腾的班超之时，他却仿佛能够看到昔日先祖安归首级挂在楼兰城头的模样。因为只要班超一声令下，那毫发无损便消灭了百余北匈奴的汉军精锐随时也可能攻入王宫，将他拖出去问斩。更可怕的是，傅介子刺杀安归，楼兰百姓还未必心服口服，而此时为班超的胜利所震慑的鄯善国民恐怕没一个人敢站出来反抗。

班超是否曾有心在歼灭北匈奴使团后，将首鼠两端的鄯善国王广一并除去？这个问题或许永远也没有答案。但可以肯定的是，这位日后为汉朝经营西域多年的“定远侯”，在年轻之时，的确曾将傅介子引为自己的偶像。那么这位著名的军事家、外交家，又有着怎样的成长历程呢？

第一章

春秋：两汉之交，班家沉浮

◆ 王命之论：乱世之中，班彪有择 ◆

班超出生于东汉建武八年（公元 32 年）。这一年随着光武帝刘秀派遣征虏将军祭（zhài）遵、中郎将来歙率兵由番须、回中两条古道，奇袭地处今陕甘川三省交界地带的战略要冲——略阳，自居摄元年（公元 6 年）因权臣王莽篡权所引发的群雄并起、分裂割据的局面即将迎来终结。

面对以外戚身份掌控汉朝中枢的王莽，散布于全国各地的刘氏宗亲或各自起义，或联合地方豪强，纷纷组建了以汉室正统自居的割据政权。地皇三年（公元 22 年）自称汉高祖刘邦第九世孙的济阳人刘縯、刘秀两兄弟在南阳郡的舂陵、宛城各自起兵，随后又通过与声势浩大的绿林起义军合流，成了中原腹地反抗王莽政权的一股重要力量。地皇四年（公元 23 年）二月，在连续击败王莽派来镇压的军队之后，绿林军于淯水河畔推举刘縯、刘秀两人的族兄刘玄为皇帝，定都宛城，建元“更始”，后世称为“更始政权”。

此时更始政权控制的区域并不大，且面临着外部巨大的军事压力，但刘玄与刘缜、刘秀两兄弟之间为了争权夺利却展开了残酷的内部倾轧。当年六月，刘玄以刘缜不遵号令为由，将其处斩。刚刚在昆阳击败王莽主力的刘秀听闻消息之后，连忙赶回宛城，向刘玄谢罪。刘玄被刘秀恭顺的姿态所迷惑，不仅不加害他，还为其加官进爵。

刘玄之所以作出这样的姿态，不仅是因为他本就性格懦弱，更是由于此时他所领导的更始政权正面临着前所未有的战略机遇：随着王莽主力在昆阳被刘秀击溃，各地本就对王莽心怀不满的各路豪强纷纷揭竿而起，更始政权乘势向洛阳、长安两地进攻。地皇四年（公元 23 年）十月，王莽在长安被杀，更始政权名义上控制了全国。在形势一片大好的情况下，自以为刘秀掀不起什么风浪的刘玄，先任命其为司隶校尉，治理洛阳，随后更令他以代理大司马的名义，持节北渡黄河，镇抚、慰问河北各州郡。站在刘玄的角度来看，此时的河北既有以邯郸为中心，控制着冀州、幽州的赵汉政权，又有以铜马军为首的数十股起义军。刘秀只带少数兵马渡河北上，注定有来无回。但刘玄恰恰忽视了此时的更始政权同样羽翼未丰，草率离开根据地宛城，进入形势异常复杂的长安，同样是凶多吉少。

更始三年（公元25年），崛起于山东的赤眉军，利用更始政权扩张过快、后方空虚之际，拥立同为汉室宗亲的泰山郡式县（今山东泰安附近）人刘盆子为帝，建元“建世”，大举西进。并于当年九月攻克长安，刘玄被迫投降，并在不久之后，被赤眉军绞杀。

更始政权全线崩溃的同时，刘秀却在河北先后击败了王昌的赵汉政权，收降了铜马军等各路起义军，可谓是风生水起。刘秀趁着赤眉军与更始政权主力在关中大战之际，于更始三年（公元25年）六月在常山县自立为皇帝，建元“建武”。随后刘秀出兵南下，攻占洛阳，切断了赤眉军与其山东根据地之间的联系。

在更始政权崩溃的过程中，除了刘秀之外，全国范围内还出现了多股割据势力。有占据睢阳称帝的刘永，有盘踞成都，建立成家政权的公孙述，有联合酒泉、张掖、敦煌等地太守、都尉，自封“河西五郡大将军”的窦融以及割据陇右的隗（wěi）器等人。

上述这几股割据势力中，与刘秀最为亲近的当属自称“西州上将军”的隗嚣。隗嚣出生于天水郡成纪县（今甘肃静宁西南），隗氏本就是陇右大族，隗嚣年轻之时更以知书通经闻名，一度受到了王莽政权的征辟。而随着更始政权的西进，隗嚣乘势在天水起兵，攻占雍州。此后又归顺刘玄，被封为右将军、御史大夫之职。

在赤眉军入关之后，眼见更始政权风雨飘摇的隗嚣，一度劝说刘玄放弃长安，北上依附刘秀。甚至因参与其他将领试图劫持刘玄投靠刘秀的计划，而遭到了刘玄近卫军的围攻。奋力杀出一条血路的隗嚣，虽然逃回了自己的老家天水割据一方，但面对兵强马壮且占据长安的赤眉军，隗嚣仍不得不遣使向刘秀输诚。

刘秀考虑隗嚣占据陇右，可以极大地牵制赤眉军，便给予了他相应的封赏，任命其为西州大将军，专制凉州、朔方政事。隗嚣则投桃报李，于建武二年（公元26年）配合刘秀麾下大司徒邓禹、征西大将军冯异部东西夹击，历时两年最终消灭了强悍难制的赤眉军。

随着赤眉军退出历史舞台，隗嚣与刘秀的“政治蜜月期”也逐渐走向了终结。刘秀此时虽然忙于对付关东的刘永等割据政权，但对拥兵陇右，威胁长安的隗嚣已然有所警觉。在写给隗嚣的一封信中，刘秀虽然言辞客气，但同时也敲打他说：“苍蝇之飞，不过数步；自托骐骥之尾，乃腾千里之路。”暗示隗嚣不要妄自尊大，要认清形势，应该牢牢地绑在他的战车之上。

对于刘秀的这封信，隗嚣如何作答，史书上并未给出明确的记载。但就在击败赤眉军的前后，隗嚣已召集了大批从长安跟随自己逃亡天水的饱学之士，讨论天下大势与自己的出路。其中他与扶风郡名士班彪的一段对话，便很足以说明问题。

班彪出身名门，其父班稚曾为广平太守，姑妈更是当世才女，一度被汉成帝刘骜选入宫中，以班婕妤之名而名留青史。可惜班婕妤虽然才思敏捷，但却终究敌不过能歌善舞、容貌过人的赵飞燕、赵合德姐妹，并未得到刘骜太多的恩宠。在班婕妤流传后世的三篇诗作《自伤赋》《捣素赋》《怨歌行》中，满满的都是孤独和寂寞。班彪虽然少年之时便家学渊博、交友广泛，但身处乱世很难一展所学。当故乡陷入各方势力的拉锯中，危急的形势迫使班彪不得不避难于隗嚣的帐下。

隗嚣颇有深意地问班彪："往者周亡，战国并争，数世然后定。意者从横之事复起于今乎？将承运迭兴，在于一人也？愿生试论之。"言下之意是如今的天下局势其实如同春秋战国一般，我们应该采取合纵连横的手段？还是应该顺应天命，自立为王呢？

这段话其实是一道"送分题"，班彪如果是个圆滑世故之人，大可以回答："主公雄才伟略，正是天命所归之人"，想要更进一步展现自己的战略眼光，则可再加上一句，"眼下咱们天水南有公孙，北有匈奴，东有刘秀，西有窦融，不妨先采取合纵连横的手段，从中渔利！"但偏偏班彪是个饱读史书、博古通今的才子，他并没有按照隗嚣的思路去做。

班彪给出了回答："周之废兴，与汉殊异。昔周爵五等，诸侯从政，本根既微，枝叶强大，故其末流有从横之事，势数然也。汉承秦制，改立郡县，主有专己之威，臣无百年之柄。至于成帝，假借外家，哀、平短祚，国嗣三绝，故王氏擅朝，因窃号位。危自上起，伤不及下，是以即真之后，天下莫不引领而叹。十余年间，中外骚扰，远近俱发，假号云合，咸称刘氏，不谋同辞。方今雄桀带州域者，皆无七国世业之资，而百姓讴吟思汉。汉必复兴，已可知矣。"

这番话的表面上看是说："当今的局势其实和春秋战国有着很大的不同。春秋战国时，天下诸侯都已经受封多年，有着自己的封地，所以才能合纵连横。但秦、汉以来，天下已改行了中央集权的郡县制。因为汉成帝刘骜倚重外戚，后面两位皇帝又比较短命，最终导致了王莽篡位，这场政治危机来源于帝国顶层，并没有改变基层的权力结构。所以各地豪强才纷纷以刘姓宗亲为政治领袖，以获取百姓的支持。"言下之意就是你隗嚣既没有足够的政治威望，又没有长期割据的资本，无论是自立为王，还是合纵连横，都没有施展的空间。

班彪的这一答复，无疑是给隗嚣当头泼了一瓢冷水。虽然他不得不承认班彪的分析很有道理："生言周、汉之势可也！”但却还是倔强地表示：“至于但见愚人习识刘氏姓号之故，而谓汉家复兴，疏矣。昔秦失其鹿，刘季逐而羁之，时人复知汉乎？”显然非要将自己和刘邦相提并论，硬要给自己戴上一顶真命天子的帽子。

谈话进行至此，普通的幕僚早已乖乖认怂，承认自己是一介腐儒，不明大义。肉麻一点的更应该大肆吹捧领导一番，来显示自己的无知。但班彪却并未如此，他虽然没有当面与隗嚣继续争辩，但回去之后却写了一篇洋洋洒洒的《王命论》上陈给了隗嚣。

《王命论》由“帝尧之禅”开篇，先讲了一堆“帝王之祚，必有明圣显懿之德，丰功厚利积累之业，然后精诚通于神明，流泽加于生民。故能鬼神所福飨，天下所归往”的道理，随后便开始分析刘邦的发家史，对隗嚣此前的言行进行了系统地驳斥。他具体分析了刘邦之所以能够成功的关键要素：“加之以信诚好谋，达于听受，见善如不及，用人如由己，从谏如顺流，趣时如响赴；当食吐哺，纳子房之策；拔足挥洗，揖郦生之说；寤戍卒之言，断怀土之情；高四皓之名，割肌肤之爱；举韩信于行阵，收陈平于亡命。英雄陈力，群策毕举：此高祖之大略，所以成帝业也。”

在《王命论》的结尾部分，班彪更进一步规劝隗嚣：“英雄诚知觉寤，畏若祸戒，超然远览，渊然深识，收陵、婴之明分，绝信、布之觊觎，距逐鹿之替说，审神器之有授，毋贪不可几，为二母之所笑，则福祚流于子孙，天禄其永终矣。”言下之意，自然是希望隗嚣能收起争霸天下之心，将自己准确定位在刘秀臣子的位置上。

可惜班彪的这篇《王命论》换来的只是隗嚣的愤怒。为了躲避报复，班彪只能转而投靠割据河西五郡的窦融。窦融对班彪颇为信任，任命为从事，并以师友之礼相待。班彪则感激窦融的知遇之恩，除了加入其军事活动的参谋工作以对抗隗嚣之外，还积极地参与到河西五郡的管理工作中去。

建武五年（公元29年），刘秀陆续击败关东各地的割据势力，开始将目光转向西部地区。除了一再命隗嚣出兵南征攻击公孙述之外，刘秀还有意要隗嚣将长子隗恂作为人质送往洛阳，他虽然答应，但暗中却做好了与刘秀摊牌的准备。

建武七年（公元31年），在多次拒绝刘秀令其南下攻蜀的要求之后，隗嚣干脆与公孙述结盟，试图先发制人攻占长安，但此时刘秀已经控制了全国的大部分地区，且休养生息多年。由于实力上的巨大差距，隗嚣的攻势很快便全面瓦解。而随着刘秀派兵奇袭略阳，切断了天水与蜀中之间的联系，隗嚣集团更是不战自乱。面对刘秀的御驾亲征，自己麾下主要将领纷纷投降，隗嚣惊惧交加，不久病死，盘踞陇右的隗氏集团至此宣告灭亡。

在隗嚣集团土崩瓦解的过程中，领有河西五郡的窦融率步骑数万、辎重五千余辆的阵势，赶来帮助刘秀。班彪是否从征，世人不得而知，但在建武八年（公元 32 年），他的两个儿子先后出生却于史有载。因为这两个名为班固、班超的孩子，未来都将在中国历史上留下浓墨重彩的一笔。

文士之厄：父亲坎坷，二子迥异

由于正史并未留下明确的出生记录，因此史学界有关班固、班超是否为同胞手足的争论，至今也没有一个确切的答案。但从后续的发展来看，这对同年出生的两兄弟之间却存在着明显的嫡庶之别。这样的差距在班彪跟随窦融前往洛阳之前，或许还不甚明显，毕竟此时的窦融虽然名义上已经臣服了刘秀，受封为“安丰侯”，但实际上却依旧掌握着河西五郡的军政大权，而身为窦融集团首席幕僚的班彪自然也有足够的能力封妻荫子。

可惜好景不长，随着各地割据势力的先后瓦解，刘秀开始将注意力转向了河西地区。建武十二年（公元 36 年），经过了长时间的政治拉锯，窦融带着河西五郡的太守连同自己的核心施政团队，分乘千余辆大车，赶着漫山遍野的牛羊，浩浩荡荡地来到了洛阳。

刘秀给予了这位河西地区的无冕之王以极高的政治殊荣，不仅当场送还了上缴的安丰侯印绶，还以诸侯之礼向窦融引见了汉朝中枢的主要幕僚。更在第二年的四月，任命其为冀州牧，十余日后更加封为位列三公的大司空。可谓“赏赐恩宠，倾动京师”。

在不断加官进爵的同时，刘秀也开始有意识地逐步翦除窦融的羽翼，这一点从对班彪的安排上便可见一斑。《后汉书》记载，刘秀在窦融进京之后，便装作不经意地询问道：“所上章奏，谁与参之？”窦融当即回答：“皆从事班彪所为。”刘秀随即便召见了班彪，但却没有将其纳入自己的幕僚班底，或继续勉励他留在窦融的身边好好工作，而是按照普通官员任用的流程，先举为司隶的茂才，而后外放为徐县县令。

当时的徐县位于今江苏省的泗洪县境内，对于常年生活于陇西且毫无地方治理经验的班彪而言，这一次的走马上任无疑将面对政治和生活上双重水土不服的严峻考验。果不其然，在到任不久之后，班彪便因病倒而被免职。回到洛阳之后，班彪虽然一度受到了包括老领导窦融在内的三公招揽，但心灰意冷的他，已经察觉到了刘秀对自己的猜忌，从此远离政治，专注于史籍的收集和写作。

班彪仕途上的失意，自然也影响到了他的家庭。长子班固虽然九岁便“能属文、诵诗赋”，但却未能像任延年、黄香、司马朗那般凭借“神童”的光环，以“童子郎”的身份进入汉朝的最高学府——太学就读。他只能跟随在班彪的身旁，帮助整理史料。建武二十年（公元44年），会稽大儒王充来到洛阳时，见到时年十三岁的班固，给出的嘉许也并非“日后必为栋梁之材”，而是“此儿必记汉事”。

与自幼便与经史相伴的哥哥班固相比，班超的童年生活似乎要更丰富多彩一些。尽管正史中并未举出太多具体的事例，但《后汉书》中“为人有大志，不修细节。然内孝谨，居家常执勤苦，不耻劳辱。有口辩，而涉猎书传”的寥寥数笔，却已然为我们描述出一个胸怀抱负、不拘小节，孝顺父母、乐于操持家务，能言善辩、博览群书的少年形象。

同年出生的班氏兄弟之所以会在气质上有如此大的分别，除了可能因为同父异母而存在的先天差异之外，很大程度上还是因为成长环境的不同。根据相关史料的记载，班超是在永平五年（公元62年）才在哥哥班固被朝廷任命为校书郎后，带着母亲来到洛阳的。也就是说在此前的三十多年里，班超可能都未在洛阳定居过。

班超缘何没有如哥哥班固那般跟随父亲前往洛阳，

除了前文提到的嫡庶有别之外，最主要的原因可能还是因为班彪在河西生活和工作了多年，终究不免会购置了一些田宅房产，自然需要留下家人看管，因此班超的童年很可能是跟随母亲在酒泉、张掖一带度过的。而正是塞外辽阔的天地景物以及胡汉杂处的风土人情，才让班超从小便立下了远大的志向，并养成了仗义豪侠的性格。

随着战乱的结束，班氏家族也踏上了重返扶风郡的行程。这里有一个有趣的小细节，在《后汉书》中班氏的籍贯悄然从祖居的安陵改到了同属扶风郡的平陵。而这简单的一字之差背后，却可能隐含着一个家族重新崛起的血泪史。可以想见，经过了漫长而残酷的战争破坏，地处关中腹地的扶风郡内，原有的庄园田地皆已沦为了废墟，并为后来者重新瓜分完毕。班氏家族竭尽全力想要讨回失去的一切，但最终却无功而返，只能举族迁徙到平陵从头再来。

同时，平陵也是窦融的故乡。在东汉初年，勋贵在乡里地方常常拥有着超然的政治特权。建武十五年（公元 39 年），光武帝刘秀为巩固自身统治，册封除已被立为储君的长子刘疆以外的诸子为公爵，并在全国开展名为“度田”的人口普查和土地丈量，以求查清各地豪强地主所侵占的土地及人口，增加国家赋税收入。但刘秀的美好愿望很快便遭到了官僚阶层和地方豪强的联手抵制。

一个偶然的机会，刘秀在陈留郡度田小吏所携带的木牍上，看到“颍川、弘农可问，河南、南阳不可问”的字样，便质问这话是什么意思？陈留小吏不敢据实相告，便推脱说是在洛阳长寿街上听到的民谣。此时正躲在帷幔后面偷听父亲办公的刘庄，突然插话道：“这话应该是陈留郡守告诫下面的官吏度田时的注意事项。”刘秀顿觉好奇，便追问道：“即如此，何故言河南、南阳不可问？”刘庄便答道：“河南帝城，多近臣；南阳帝乡，多近亲；田宅逾制，不可为准。”刘秀随即命近卫军拷问陈留小吏，真实情况果然与刘庄所言一模一样。

刘秀身为“马上得天下”的一代名主，见识当然不可能还不如当时年仅十二岁的刘庄。而之所以出现上述的情景，唯一合理的解释：刘秀是故意借自己儿子之口，来提醒各地官员要秉公执法，并进一步敲打那些自恃功高的名臣宿将和横行不法的皇亲国戚。

可惜这场刘秀精心编排的政治话剧，并未起到应有的效果。为了保证自身利益不受损害，各地豪强勾结郡国长官，欺压平民小农，以致全国推行度田之后，不仅“田宅逾制、仆婢多匿”的现象并没有得到根本性的缓解，反而出现了“刺史、太守多为诈巧，苟以度田为名，聚民田中，并度庐屋里落，民遮道啼呼；

或优饶豪右，侵刻羸弱”的现象，弄得平民小农怨声载道。

眼见度田政策日益跑偏的刘秀，最终选择拿大司徒欧阳歙开刀。建武十五年（公元39年），欧阳歙因先前在汝南太守任内“度田不实”，收受贿赂而被逮捕，不久病死狱中。建武十六年（公元40年），刘秀又以类似的罪名处决了河南尹张某和十几名郡守，并将“妨碍度田”的竟陵侯刘隆贬为了庶民。

可惜刘秀的这些铁腕举措，最终换来的是全国各地豪强铤而走险，勾结盗寇，在各地掀起了武装叛乱。刘秀虽然迅速通过武力镇压和政治安抚相结合的手段稳定了局面，却也不得不放缓了推进度田的速度，并以“顾念功臣”为名，再度封刘隆为扶乐乡侯。

在这样的情况下，窦氏在平陵的势力自然也处于无可撼动的地步。而作为昔日的故吏之后，班超在当地会得到窦融子侄们的照顾，甚至在利益链条的捆绑之下，形成“一荣俱荣、一损俱损”的“同家之好”。在这个过程中，班氏家族经历了多少纠纷、诉讼，乃至兵戎相见，或许永远也不会有答案。但可以肯定的是，在经历了这一切之后的班超，注定无法成为像他父兄那般皓首穷经、上下求索的文人雅士。不辞辛劳为家族利益奔波劳碌、费尽口舌的他，最终将在未来找到属于自己的舞台。

度田推进受阻无疑让刘秀威信扫地。为了挽回形象，刘秀决定从后宫入手，重新调整汉朝的政治版图。建武十七年（公元41年），刘秀以“怀执怨怼，数违教令，不能抚循他子，训长异室。宫闱之内，若见鹰鹯。既无《关雎》之德，而有吕、霍之风，岂可托以幼孤，恭承明祀”的名义废黜了皇后郭圣通。

表面上看，刘秀废立皇后只是自己的家务事，但背后却释放出打压河北政治集团，重用南阳旧臣的信号。郭圣通出身河北中山郡的豪门，其父郭昌仅为郡守衙门的一个功曹，却拥有当地大量的田产。郭昌生前曾一次性转让价值百万钱的田宅财产给自己同父异母的兄弟，可见家境之殷实。也正因为如此，郭昌得以迎娶了汉景帝刘启七世孙——真定王刘普之女，并生下郭圣通、郭况两姐弟。

可惜在郭圣通年幼之时，郭昌就去世了，郭家姐弟只能依附于继承了真定王爵的舅舅刘杨。而随着王莽篡汉，建立所谓的“新朝”，刘杨也自身难保。始建国元年（公元9年），刘杨被降为真定公，次年更被贬为了平民。刘杨怀着强烈的不满，与赵缪王之子刘林，地方豪强李育、张参等人，在邯郸拥立王郎，建立了“赵汉政权”。

尽管利用王莽不得人心，各地豪强并起的有利局面，赵权政权一度控制了冀州、幽州等地，但刘杨与刘林却因分赃不均而彼此对立，这就给此时奉更始帝刘玄之命北上平定河北的刘秀以可乘之机。刘秀首先抵达邯郸，试图与刘林接洽，但双方谈得并不愉快。刘秀随即转向真定（今河北正定），以求获得刘杨的支持。

通过右北平郡豪强刘植的穿针引线，刘秀与刘杨一拍即合。为了巩固双方的政治联盟，刘秀还特意迎娶了刘杨的外甥女郭圣通。但在两家联手攻占了邯郸，消灭了赵汉政权之后，被刘秀重新册封为真定王的刘杨却欲壑难填，他命人编造谶文说："赤九之后，瘿杨为主"，暗示脖子上有赘瘿的自己才是真命天子。刘秀觉察到了这位皇亲国戚的异动，便命人召其入京。在刘杨选择闭门不纳的情况下，刘秀又派刘杨的外甥耿纯持节前去慰问。自以为血浓于水的刘杨开门迎接耿纯，却不料最终在当时被称为"传舍"的馆舍被耿纯所杀。

刘杨虽死，但为了避免引发更大的动荡，刘秀不仅允许刘杨之子刘得继承真定王爵，更在刘杨死后不久，正式册封已经为自己生下长子刘疆的郭圣通为皇后，但这样的安排终究只是权宜之计。随着时间的推移，特别是在推进度田的过程中，青、徐、幽、冀等州出现"郡国大姓及兵长、群盗处处并起，攻劫在所，害杀长吏。郡县追讨，到则解散，去复屯结"，令刘秀最终决定抛弃政治上已对自己没有多少助力的郭圣通，改立自己的结发妻子阴丽华为皇后。

阴丽华是南阳新野的豪门之女，《后汉书》中称其家族“田有七百余顷，舆马仆隶，比于邦君”。正是得益于经济上的富足，阴氏家族还刻意将出身与上古贤相靠拢，宣称家族乃春秋齐国名相管仲之后。因为管仲的第七代子孙管修，从齐国来到楚国，被封为“阴大夫”，所以才以“阴”为姓。可惜作为南阳旧勋的代表，阴氏家族人丁不旺，只能选择与其他政治势力结盟。

建武二十三年（公元47年），窦融经过长时间小心谨慎的隐忍，终于获得了刘秀的信任，接替病逝的国舅爷阴兴，出任统领禁军的卫尉一职，同时还兼任职掌宫室、宗庙、陵寝等土木营建的将作大匠。一时成了“亲戚、功臣中莫与为比”的当朝显贵。

随着窦融崭露头角，赋闲多年、潜心治史的班彪再度出山，被征辟为大司徒王（sù）况的幕僚。王况是京兆郡杜陵人，与班彪有同乡之谊，更兼有“笃志好学”之名，两人在文学气质上也甚为契合。因此在王况手下工作，班彪可以畅所欲言，甚至敢于直接上书刘秀，建议应该广泛挑选有威望、懂政事的名儒出任太子太傅，并配齐东宫和诸王的官属。

子女教育问题表面上看是皇帝的家务事，但正如班彪在写给刘秀奏章中所写的那样：既然已经明确皇四子刘庄为汉朝未来的接班人，而又将其余诸子各自封国，那么就应该寻访像晁错、贾谊、刘向这样德才兼备的人去教导他们，以免这些皇子过早地沾染上骄奢淫逸的恶习。

班彪的建议很快就被刘秀采纳。建武二十四年（公元 48 年），十六岁的班固终于如愿以偿地进入了洛阳太学就读。可惜好景不长，建武二十七年（公元 51 年）王况因病去世，班彪无奈地结束了幕僚的生涯。虽然接下来的几年里，班彪似乎仍在官场打拼，除了曾举荐一位名为司徒廉的人出任建都县长之外，似乎并未有太过突出的政绩。

建武三十年（公元 54 年），班彪死于任上，享年仅五十二岁。消息传来，仍在太学就读的班固怀着悲恸的心情扶榇回到平陵，开始了为期三年的守孝生活。在此期间，班固不仅写下了笔触深婉、情致浓郁的《幽通赋》，更开始整理父亲留下的遗稿，却没想到一场杀身之祸正朝他逼近而来。

◆ 挺身而出：班固含冤，班超上书 ◆

班彪生前便认为司马迁所著的《史记》成功地完成了中国历史从传说中黄帝轩辕氏政权到汉武帝刘彻

执政时期的记述。后续的史官、学者所补或续缀的史实，大多文笔鄙俗，不配与《史记》相提并论。因此他广泛地收集史料及民间传说，陆续写了数十篇人物传记，希望通过自己的这些论作可以起到“斟酌前史，而讥正得失”的作用。班固继承了父亲的史学观念，并进一步认为以“史记后传”为名来进行创作，格局不免局狭。班固经过一番准备之后，准备跳出父亲的圭臬，开始重新梳理汉朝的历史。

当然对于年轻的班固而言，潜心研思史学之余，外面的世界依旧充满着名利的诱惑。建武中元二年（公元57年），刘秀驾崩于洛阳南宫前殿，享年六十二岁。继承大宝的太子刘庄为自己的父亲上庙号“世祖”，谥“光武皇帝”之余，紧接着便任命东平王刘苍为骠骑将军，在朝辅政。

刘苍与刘庄本就是一母所出，兄弟感情笃深。此刻手握兵权，更被视为一人之下，万人之上的“二号天子”。因此当刘苍公开宣布招录辅臣时，孝期刚满的班固便按捺不住急切的心情，提笔写下了内容略显肉麻的《奏记东平王苍》。

撇去班固将刘苍吹嘘为当代周公、召公的夸大之词外，《奏记东平王苍》从文学角度来看，仍不失为一篇佳作。文中班固向刘苍推荐的司空椽桓梁、京兆祭酒晋冯、扶风椽李育、京兆督邮郭基、凉州从事王雍、弘农功曹使殷肃等人，大多都被刘苍收入了自己的幕府中。但是对于班固本人，刘苍却似乎并不感冒。在此后相当长的一段时间里，班固不仅没有得以出仕，甚至连重返洛阳太学就读的机会也失去了。

究其原因，除了班彪死后整个班氏家族的政治和经济地位都大不如前外，很大一部分原因还在于新君刘庄对外戚和开国功臣缺乏信任，而兼具上述两个身份的窦氏家族自然首当其冲。永平二年（公元 59 年），汉明帝刘庄以“欺君罔上、贪赃枉法”的罪名处死了窦融的侄子窦林，并多次下诏警告窦融，告诫他吸取外戚权臣窦婴、田蚡的教训。窦融不甚惶恐，多次上表请求病休，但汉明帝刘庄只是命其在家中养病。

永平五年（公元 62 年），汉明帝刘庄接到六安侯刘盱发妻家族的告发，宣称窦融的长子窦穆伪造了阴丽华太后的懿旨，强行要求刘盱与妻子离婚，迎娶窦穆的女儿。刘庄听闻此事极为震怒，当即将除窦融、窦固之外的窦氏子孙，全部赶出了洛阳。

无独有偶，班固亦被人举报“私修国史”，被汉明帝刘庄亲自下诏拿捕。鉴于不久之前扶风当地儒生苏朗刚刚因“伪言图谶”而被处决，班家上下都认为班固此番凶多吉少。唯有班超坚信自己哥哥是无辜的，当即便骑上快马，由扶风郡直驱洛阳而去。

扶风郡至洛阳直线距离将近四百公里，我们可以想象班超一路风餐露宿的艰辛和万分焦灼的心情。而到了洛阳之后，班超要上疏为自己的哥哥鸣冤，更少不了要面对各级衙署的刁难和推诿。

行文至此，我们需要交代一下汉朝的司法制度。汉袭秦制，因此几乎全盘接受了秦朝的廷尉制度。廷尉位列九卿，是主管司法的最高官吏。他们既直接办理皇帝下诏交办的案件，秉承皇帝旨意断案；也作为地方司法机关的上级部门，对郡国上报的大案要案进行复审平核。汉高祖七年（公元前200年），刘邦更下达诏令，命各县凡有重大疑难案件，均应上报廷尉，廷尉不能判决的，应当奏请皇帝决断。因此班固的案宗第一时间会移交至廷尉进行审理。

按照常理推断，班固抵达洛阳之后，首先要想方设法地进入廷尉所管理的监牢——“尉狱”，看望自己的哥哥。但这一点在当时并不容易做到，因为汉朝的廷尉一向以冷酷著称，戴的帽子是特制的法冠，叫“獬豸冠”，象征他们像神兽獬豸那样公正神圣，不可侵犯。班超要和他们打交道，得到探视哥哥的机会，其难度可想而知。

我们并不知道班超用了什么样的办法见到了哥哥班固。因为除了要鼓励对方坚定信心，在困境中耐心等待平冤昭雪的那一天。更重要的是，班超需要得到哥哥班固的口供和判词，因为只有这样才能正式启动上诉的程序。

在汉代，对被告进行审讯，称作“鞫狱”。在审讯中，被告的口供是定罪量刑的主要依据。为了取得口供，可以允许刑讯逼供，在所谓“捶楚之下，何求而不得”的暴刑之下，犯人只好胡说八道一番。因此，取得口供三日以后，再进行审判，看供词是否相同。进行判决时，要向被告宣读判词，这叫“读鞫”。读鞫以后，如果罪犯喊冤，则允许复审，这叫“乞鞫”，乞鞫一般以三个月为限。被告乞鞫以后，官吏通常并不立即复审，经常是无限期地拖延下去，以至于“有罪者久而不论，无罪者久而不决”。

依据班固的口供和判词，班超开始撰写申诉材料，并以“诣阙上诉”的形式逐级上书，为自己的哥哥喊冤。在汉代，家属通过上书皇帝的方式伸冤告曲的案例并非没有。如汉文帝刘恒执政时期，名医淳于意在任太仓长（粮仓主管）时遭人构陷，一度被判处肉刑，其女淳于缇萦毅然进京，并上书汉文帝，最终使父亲得到了特赦。

但仔细分析这一案例，却不难发现，淳于缇萦救父，其实打的是“感情牌”。因为除了不痛不痒的“妾父为吏，齐中称其廉平”之外，淳于缇萦并没有证据能洗脱其父的罪名。她主要是靠自愿到官府作奴婢来替父赎罪，从而打动了当时提倡“以孝治国”的汉文帝刘恒。

可惜班超并不是淳于缇萦那样的柔弱女流，无法靠苦苦哀求而获得同情。更何况班固所犯下的罪行，也远比淳于意严重得多。因此他要打动汉明帝刘庄，只能凭借家学的史学功底，通过逐条驳斥廷尉对其哥哥的指控，来达到最终推翻所谓“私修国史”的罪名。

班超的申诉材料最终上陈到了汉明帝刘庄的面前，刘庄亦为班超的文章所感动，特旨召其进宫了解情况。或许班超的申诉中包含了班固在狱中无法完成自辩的隐情，或许班超在逐级申诉的过程中得到了父亲昔日政治盟友的助力。无论如何，班超作为整个申诉工作的执行者，可谓功不可没。

我们并不知道汉明帝刘庄是否真心要问罪班固，但可以肯定的是，他在看到了班超的申诉材料，并阅读了扶风郡上交的班固史稿之后，终于以班彪、班固父子数十年勤勉修史、宣扬汉德的名义，赦免了班固。而后将其召入洛阳皇家校书部，出任兰台令史一职。

侥幸保全了性命的班固，心中自然感激自己的弟弟班超。可能是出于报恩的心理，也可能是为了在政治上与窦氏家族进行切割，在自己赴京就职之际，班固特意让班超带上生母跟随自己前往洛阳。但作为当时东亚最为繁华的城市，洛阳高昂的生活成本对班氏兄弟而言，可谓是居大不易，更多的磨难随之接踵而来……

第二章

投笔：告别书吏，志在远方

◆ 洛阳难居：班氏兄弟，谋生不易 ◆

班固所出任的兰台令史，名义上隶属于御史中丞，属于汉朝中央直属机关的工作人员，俸禄标准为“秩六百石”。在西汉时，一州之长的刺史、皇帝的近臣尚书亦不过是在这一俸禄档次上。

首先必须指出的是，“秩六百石”并不是一年只能领取七万二千斤的粮食（汉制一百二十斤为一石）。按照《汉书·百官公卿表》中，唐代学者颜师古的批注，“秩六百石”的官员，每月还可以领取谷物七十斛，如此算来班固一年的收入应该有八百四十石，粮食不少于十万斤。

光从纸面上的数字来看，班固一个人的收入便足以养活全家老小。但同时要引起注意的是，此时班固领到手的这些粮食，在满足家人的口腹之欲后，还需要将其拿到市井上去售卖，兑换成可以流通的五铢铜钱，方能满足生活的日常所需。

东汉初年，由于连年战乱、旱蝗频发，导致土地抛荒，粮食紧缺。因此粮价一度居高不下，甚至出现过谷一石，价值黄金一斤的纪录。但随着光武帝刘秀平定天下，鼓励生产，倡导节约，到汉明帝刘庄执政时期，洛阳的米价已降到“粟斛三十钱”。在这样的情况下，班固每月所领到的谷物满打满算也只能在市场上卖出两千余钱。

由于供需关系所导致的米价下跌，却并未影响到其他生活必需品的价格。在当时的洛阳城，一栋稍好的房子便价值数万钱，一匹好马需万钱，甚至一柄普通的长剑售价也需六七百钱。

之所以出现这样的局面，是因为光武帝刘秀定都洛阳以来，洛阳城经过数十年的发展，已经变成了东亚人口最为稠密的大都市。根据《后汉书·郡国志》记载，中元二年（公元57年），洛阳城中已有四十二万余户，常住人口达二百一十余万人。如此庞大的人口基数，自然加速了当地货币经济的高速发展。班固曾在《两都赋》中盛赞西都长安“内则街衢洞达，闾阎且千。九市开场，货别隧分。入不得顾，车不得旋。阗城溢郭，旁流百廛。红尘四合，烟云相连。于是既庶且富，娱乐无疆。都人士女，殊异乎五方。游士拟于公侯，列肆侈于姬姜”，随后更夸耀东都洛阳的奢华有过之而无不及。在这样的大都市里生活，自然是“万物皆贵，唯钱贱尔”。

那么，在洛阳这样的城市里，为什么粮价却始终涨上不去呢？造成这样的原因，除了粮食连年丰收之外，很大程度还与俸禄制度有关。汉朝长期沿袭秦代的谷物俸禄制，国家为了发放官俸，每年都要从全国征调数百万斛的粮食输往首都，而后这些粮食再由各级官员集中抛售，自然粮价就被压得极低。

洛阳城内数以万计的官吏，难道都像班固一样困于生计，钱不够花吗？答案显然是否定的。因为汉朝的官员以俸禄高低，大致可以分为三个等级。在金字塔的顶端，是“秩比二千石”及其以上的高级官员。他们不仅每月可以领取到多达数百斛的粮食，而且在粮价较低的时候，中央政府还会直接按照官方的价格，将其粮食直接折算成五铢钱发放，并且日常衣食住行的花费更全部由官方提供。

除此之外，“秩比二千石”及其以上的高级官员不仅能经常获得皇帝大到田舍、房屋，小到酒肉果物的赏赐。每年底的“腊赐”，更足以支撑其一年的家庭开支。《后汉书》引用《汉官仪》的记载称：“腊赐，大将军、三公钱各二十万，牛肉二百斤，粳米二百斛；特进侯十五万，卿十万，校尉五万，尚书三万，侍中、将、大夫各二万”。如此丰厚的待遇，也难怪这些豪门望族“家日以益富，身日以益尊”。

而处于汉朝官员系统最底层的，则是“岁俸不满百石”的低级官吏。因为每天的俸禄大约只有一斗二升，因此也被称为“斗食之官”。这些人官卑职微，俸禄不足以让全家温饱。由于这些官员长期工作在第一线，汉朝历任天子时常担心他们“侵渔百姓”，所以不定期地下诏予以增俸。

相较上述而言，处于百石至千石的中级官员虽谈不上困苦，却也无疑承受着较大的经济压力。因为除去日常的家庭开支之外，这些人往往还需要交游士林，以拓宽人脉；需要扶危济困，以博取贤名。简单来说，便是“赚得不比别人多，花得不比别人少”。

具体到班固，情况还要更严峻一些。我们虽不知班固此时是否婚配，但终究还有老母亲需要赡养。除了在洛阳暂时无业的弟弟班超之外，班固还有一个名为班昭的妹妹。班昭为班彪晚年所得，因此不仅阖家上下对其颇为宠爱，父兄更悉心教导她读书习字。班昭自幼便才学渊博，是远近闻名的才女，可惜她十四岁许配给同郡的才子曹寿后不久，其夫便亡故了。

在汉代，“饿死事小、失节乃大”的封建理学尚未成势，丧偶的女性只需为亡夫守孝三年，便可从容再婚。虽然班昭与曹寿育有一子，但也只需双方商定财产分割方案，便听凭其随母改嫁，或者留在本姓宗族之内，交由叔伯照顾。汉代的寡妇较之未婚的妇女甚至更为“吃香”。西汉两位杰出君王的生母都曾是守寡之后才嫁入帝王家的，她们是汉文帝刘恒的生母薄太后以及汉武帝刘彻的生母王太后。因此班昭如有心另择一夫，并无太大的道德阻碍，但偏偏这位贤良淑德的女子，选择了回家守节。此举虽然得到了大众的赞许，却也在一定程度上加重了家族的经济负担。

班超为了减轻哥哥班固独自承担家庭开销的压力，找了一份为官府抄写公文的工作。但那些机械的抄誊，对性情豁达、热爱自由的班超而言，无疑是一种痛苦的折磨。终于有一天，他忍无可忍地丢下手中的刀笔，愤懑地说道：“大丈夫就算没有其他的本领，也应该效仿张骞、傅介子立功于异域，又怎么可以将大好的青春浪费在这笔砚之间呢？”但他的这番话换来的却是一旁同事的讥讽和嘲笑。

对于班超而言，洛阳城内的生活实在有着太多的拘束和桎梏。如果可以选择，他更愿意前往那遥远的异域边疆。

好在，机会还是有的。班固进入洛阳皇家校书部后，凭借着出色的史学造诣和勤奋工作，很快便与睢阳县令陈宗、长陵县令尹敏、司隶从事孟异等人，共同完成了记录光武帝刘秀生平事迹的《世祖本纪》。汉明帝刘庄阅读之后，非常满意。当即便任命班固为“校书郎”，继续负责编撰光武帝时期的相关史料。

在这个过程中，班固时常得到汉明帝刘庄的召见，向他汇报相关史料的撰写进度。有一次，心情不错的汉明帝刘庄突然想起那位曾经孤身进京、为兄鸣冤的班超，便向班固打听他的情况。班固不敢隐瞒，便答道："班超正在为官府抄写公文，赚钱养活自己的母亲。"汉明帝刘庄显然对班超印象不错，当即便令其入宫，任命为兰台令史。

但班超在这个岗位上干的时间并不长。不久后，班超便因过失而被免职了。丢了工作的班超是动身返回了故乡还是选择继续留在洛阳，史料中并未给出明确的答案。当历史的镜头逐渐转向遥远的西域，班超渴望的建功立业的机会，正渐渐朝着他快步走来。

◆ 阴山胡马：汉匈之间，战端再起 ◆

现在一般以自大兴安岭经张家口、兰州、拉萨，直至喜马拉雅山脉东部的400毫米等降水量线作为中国历史上北方游牧民族和中原农耕文明的分野。在这条分界线以北，恶劣的半干旱环境让生活在那的民族只能过着逐水草而居的放牧生活；而在这条分界线以南，充沛的降雨却足以滋养万物生长，让勤劳的百姓在深耕细作之余，温饱无虞。

降水量的不对等，让北方游牧民族在遭遇干旱、雪灾等自然灾害之时，不得不为了生存和发展的需要而大举南下；而为了保卫自己的家园和劳动果实，中原百姓也只能奋起自卫。因此在400毫米等降水量线上，自古以来便留下了无数次不为人知的小规模冲突以及足以铭记史册的征战杀伐。

为了一举解决这一问题，秦始皇嬴政曾不惜耗费民力连接了战国时期秦、赵、燕三国所修筑的北方防御工事，构筑起了为后人所熟知的长城。但这条有形的工事不仅未能阻止北方游牧民族的南下，反而让其在内部纷争中孕育出了一个草原霸主——匈奴。

当中原大地因为秦帝国的崩溃而陷入项羽、刘邦分庭抗礼的楚汉相争之际，匈奴冒顿单于先后击败了东胡、月氏、楼烦等近邻，又控制了西域楼兰、乌孙、呼揭等二十六国，以“诸引弓之民，并为一家”的巨大优势，南下威胁刚刚定鼎中原的西汉。此时的汉高祖刘邦一度自恃能征惯战，试图用御驾亲征来回敬冒顿的威胁，但最终被困于白登山，险些无法脱身。在亲眼见识了匈奴兵强马壮之后，刘邦最终接受了谋士陈平、娄敬等人的建议，以和亲的方式维持着汉、匈之间的双边关系。

客观地说，汉、匈和亲的本质并非两国之间的政治联姻，而是汉朝通过宗室之女远嫁匈奴的方式，对匈奴进行财政和物资上的“输血”。这样的方式虽憋屈，但却在一定程度满足了游牧民族的现实需要。不仅使汉朝成功渡过了刘邦死后太后吕雉与刘氏宗亲之间纷争的动荡期，更促成了“文景之治”的出现。

另一方面，汉朝长年累月通过和亲及边市的方式向匈奴让渡经济利益，也消磨了这个草原帝国的斗志。对此，汉文帝时期跟随公主远嫁漠北的宦官中行说曾提醒冒顿之子老上单于稽粥：“匈奴人众不能当汉之一郡，然所以强之者，以衣食异，无仰于汉。今单于变俗好汉物，汉物不过什二，则匈奴尽归于汉矣。其得汉絮缯，以驰草棘中，衣裤皆裂弊，以视不如旃裘坚善也。得汉食物皆去之，以视不如重酪之便美也。”老上单于虽然认可中行说的说法，但匈奴日益依赖汉朝的经济模式却始终无法改变。

随着汉武帝刘彻即位，逐渐从内部纷争中腾出手来的汉朝，开始对匈奴展开了全方位的反击。元光二年（公元前 133 年），汉武帝刘彻故意命商贾聂壹向匈奴的军臣单于透露马邑（今山西朔州市）防备松懈的假消息，引诱匈奴大军十余万人南下。但匈奴军队前进至距离马邑百余里的地方，突然发现漫山遍野的牛羊无人放牧，此后又从被俘的汉朝雁门尉史口中得知了刘彻的计划，军臣单于连忙赶紧撤军。正是这场功亏一篑的“马邑之围”正式拉开了汉、匈全面交恶的序幕。

元光六年（公元前129年），养精蓄锐的汉朝对匈奴展开了全面地反击，并于元狩四年（公元前119年），派卫青、霍去病各率大军深入漠北打击匈奴。通过一系列的远征，汉朝基本化解了匈奴对北方边境的威胁，并打通了连接西域的河西走廊。

汉武帝刘彻的远征虽然取得了辉煌的胜利，但却无法最终消灭以游牧为生的匈奴。随着战线的延长及国力的消耗，汉武帝执政后期不可避免地陷入了穷兵黩武、内部动荡的困局。

直到汉宣帝刘询执政时期，汉朝逐步将对匈奴的基本国策改为政治安抚为主，军事打击为辅。甘露三年（公元前51年）正月，深陷内战漩涡而不得不退入汉朝境内躲避的呼韩邪单于，在甘泉宫觐见了刘询，由此开启了汉、匈和平共处的新篇章。十八年后的竟宁元年（公元前33年），重返漠北的呼韩邪单于再次返汉，迎娶了汉朝的宫女王嫱（即王昭君）为妻，从此以后，汉朝与匈奴之间长达四十余年没有再发生过战事。但是这样的和平局面并没有长久地维持下去，随着权臣王莽建立新朝，汉、匈关系随即急转直下。

光武帝刘秀鉴于匈奴不断侵扰边境，便命归德侯刘飒出使匈奴，谋求汉、匈之间恢复此前良好的双边关系。但匈奴栾提舆单于骄横傲慢，对经历了血腥内战而千疮百孔的东汉颇为轻视，虽然也派使节到洛阳回报，但侵扰如故。此时刘秀见栾提舆不惜公开翻脸，随即派遣骠骑大将军杜茂等率军镇守北方边境，整修飞狐道，修筑碉堡，建造烽火台，与来犯的匈奴、乌桓等游牧民族大大小小共打了上百次仗，才逐渐遏制了其南下的势头。

但频繁的战事及由此产生的巨额军费开支和人员伤亡，显然与光武帝刘秀休养生息的既定国策相违背。建武十五年（公元39年），鉴于“匈奴寇钞日盛，州郡不能禁”，刘秀派遣吴汉率军北上，在打击匈奴的同时，分批内迁雁门郡、代郡、上谷郡的军民六万余人，分别安置在居庸关、常山关以东地区，以求避开匈奴的骚扰。但让光武帝刘秀没有想到的是匈奴左部却紧随其后，越过长城，在汉民迁徙一空的区域落了脚。

此时汉朝长期驻守北方的骠骑大将军杜茂因指使军官杀人而被免职，光武帝刘秀随即命扬武将军马成代替杜茂的职务。但马成只采取了修缮要塞的方式抵御匈奴，并不能彻底解决边患。刘秀又命骑都尉张堪代替马成的指挥。张堪上任之后，锐意进取，迅速在高柳击败匈奴，刘秀旋即任命其为渔阳太守。

张堪在渔阳任职八年，他注重边防建设之余，还鼓励百姓从事农业生产，渔阳一派生活富足的景象。当地百姓纷纷作歌颂其功德：“桑无附枝，麦穗两歧。

张君为政，乐不可支。”但游牧民族并不甘愿就此认输，匈奴及其同盟的鲜卑、乌桓等部落依旧周期性地攻掠汉朝北方边境，并将矛头转向了防御空虚的关中及辽东地区。

建武二十年（公元44年），匈奴攻入上党、天水，而后一直推进到长安附近的扶风，才被击退。建武二十一年（公元45年），鲜卑出动万余骑兵进攻辽东郡。辽东太守祭肜亲自率领数千人迎击，将鲜卑骑兵一举击溃。从此以后，鲜卑人倍感震恐，不敢再窥伺边塞。眼见仆从军失利，当年匈奴只能亲自出马，袭扰上谷、中山两郡以示报复。

◆ 奋起一击：匈奴分裂，汉朝扬威 ◆

匈奴之所以在建武二十年（公元44年）和建武二十一年（公元45年）保持旺盛的进攻态势，主要原因是塞外草原遭遇了一场前所未有的连年干旱和蝗灾，让匈奴元气大伤。面对赤地千里、人畜饥疫的窘境，匈奴只能全力向外扩张，以期死中求活。面对匈奴的攻势，光武帝刘秀是否考虑过主动采用和亲的方式来稳固北方的边防形势，我们不得而知。但在建武二十二年（公元46年），匈奴使者抵达了渔阳郡，主动向汉朝请求和亲。

面对匈奴突然伸出的橄榄枝，光武帝刘秀倍感惊讶，随即命中郎将李茂进行了回访。根据李茂所带回的情报，刘秀得知匈奴单于栾提舆及其子左贤王栾提乌达鞮侯已先后病逝。匈奴贵族虽拥立了栾提舆的另一个儿子蒲奴为单于，但他对内不能服众，对外更无力威慑乌桓、鲜卑。

蒲奴继位单于不久，乌桓便趁着匈奴内乱发动了突然袭击，匈奴无力抵挡，被迫向北迁徙了数千里。光武帝刘秀得知这个消息后，随即下诏撤销北方边境各州郡的亭候和边防军，又拿出财帛招降乌桓。但让刘秀没有想到的是，边境上又出现了一支匈奴大军，其竟然还打着“呼韩邪单于”的旗号。

历史当然不存在穿越的可能。据说在呼韩邪单于在世之时曾要求自己的子孙后代，以“兄终弟及”的方式进行权力交接。但栾提舆单于却破坏了这一规矩，杀了自己的弟弟栾提知牙师，打算将单于之位传给自己的儿子。此事却引起了另一位单于之位的有力竞争者——乌珠留若鞮单于之子右日逐王栾提比的不满。并公然宣称：“以兄弟言之，右谷蠡王次当立；以子言之，我前单于长子，我当立！”

栾提比手握重兵，栾提舆生前也不敢轻易对其下手，蒲奴单于继位之后，栾提比愈发怒恨。蒲奴单于曾一度打算派出万余骑兵前来攻伐，却发现栾提比早已召集自己麾下八个部族的四五万人马严阵以待。眼见栾提比的军队军容严整，蒲奴单于的部队未敢进兵就撤回了。

匈奴八大部落首领随后共同议定：拥立栾提比为呼韩邪单于，并派遣使者前往五原塞，向汉朝表示愿永为藩属屏障。光武帝刘秀将此事交付公卿商议，大多数臣子都认为“天下初定，中国空虚，夷狄情伪难知，不可许”的情况下，唯有五官中郎将耿国认为：“宜如孝宣故事，受之，令东捍鲜卑，北拒匈奴，率厉四夷，完复边郡。”耿国之所以敢于力排众议，除了其出身功臣世家、倍受刘秀的信任之外，更因为耿家久在北方，与匈奴打了多年的交道。

在辅佐光武帝刘秀一统天下的所谓“云台二十八将”中有两位耿姓名将：好畤侯耿弇和东光侯耿纯。表面上看，耿弇出生于扶风茂陵，而耿纯则为巨鹿大族，似乎风马牛不相及。但实际上，耿弇的先祖亦为巨鹿人氏，只是在汉武帝时期，因出仕扶风，才举家迁往当地居住。因此耿弇与耿纯两人真可谓是“五百年前是一家”。

更始政权时期，耿弇的父亲耿况为上谷郡太守。而在新朝崩溃的过程中，耿况审时度势，主动派当时年仅二十一岁的长子耿弇向刘秀输诚。也正是凭借着上谷郡的兵员和粮草，仅率少数部众北上的刘秀才得以成功地平定了河北。

在刘秀群雄逐鹿中原之际，耿况、耿弇父子所部更成了其稳定河北的主要军事力量。特别是在建武二年（公元26年）平定渔阳太守彭宠叛乱的军事行动中，刘秀任命耿弇为建威大将军，令其统一指挥河北前线的所有部队。耿弇却因为彭宠所控制的渔阳郡与自己父亲管理的上谷郡山水相连，两家曾经关系还不错而颇为惶恐，一度上表请辞。刘秀却大度地表示："将军出身举宗为国，所向陷敌，功效尤著，何嫌何疑，而欲求征？且与王常共屯涿郡，勉思方略"，进而打消了耿弇的顾虑。耿况得知此事，连忙将自己的另一个儿子耿国送往洛阳，名为"陪皇伴驾"，实则却是充当耿氏家族的人质。

耿弇采取分进合击的战略，很快便形成了对渔阳郡的合围之势。彭宠无奈之下只能命其弟彭纯向匈奴求援，希望通过内外夹击来扭转战局。却不料借来的匈奴骑兵在抵达战场之前便遭到了耿弇弟弟耿舒部的截击而全军覆没。随着外援的破灭，困守渔阳的彭宠最终只落了一个兵败被杀的下场。

因为耿氏家族的能征善战及赫赫军功，光武帝刘秀对其颇为恩宠。除了耿况、耿弇因功封侯之外，其余子弟亦委以重任。而长期居住于洛阳的耿国更可谓是"近水楼台先得月"。在历任顿丘、阳翟、上蔡等地的县令之后，被刘秀提拔为主管内廷近卫、侍从的五官中郎将。究竟是因为耿国深受信任，才成功说服了刘秀接纳栾提比入塞，还是刘秀胸中早有腹案，只是让耿国代替自己提出？世人不得而知。但最终刘秀听从了耿国的意见，由此匈奴分裂为南、北两支。

建武三年（公元 27 年），辽西郡乌桓部落首袖郝旦等率领部众归附汉朝。光武帝刘秀下诏封其各部酋长为侯、王、君长，共计八十一人，让他们移居塞内，分布于边境各郡，并命令他们招徕本部族人，由官府供给饭食。于是乌桓便成了汉朝北部边境的警哨，协助汉朝击讨北匈奴和鲜卑。

建武二十六年（公元 50 年），栾提比复遣子入侍。汉朝仿照西汉对待呼韩邪稽侯珊旧例，给予丰厚赏赐。此外，又在五原塞西八十里，为其建立单于庭帐。

建武二十八年（公元 52 年），北匈奴派使节进贡马匹、皮裘并再次要求和亲。对于这些礼物，光武帝刘秀并不放在眼中。但对方提出的另外两项要求："并请音乐，又求率西域诸国胡客与俱献见"却令刘秀颇为动容。

北匈奴向汉朝请求传授音乐既是开化的证明，更是一种国有余力的显示。而请求带领西域诸国一同进献，就是北匈奴夸耀势力的一种方式了。这让光武帝刘秀发现北匈奴不仅仍拥有强大的军事力量，而且依旧是西域诸国的宗主国。刘秀听从司徒掾班彪的计策，依照从前西汉分别与呼韩邪稽侯珊单于、郅支单于建立外交关系的模式，同时与南、北匈奴展开外交往来。

从一定程度来说，匈奴的分裂给了汉朝一举解决北方边患的良机。朗陵侯臧宫、扬虚侯马武曾上书光武帝刘秀，希望能够借此机会，出兵消灭北匈奴。刘秀对此的回答是："北狄尚强，而屯田警备传闻之事，恒多失实。诚能举天下之半，以灭大寇，岂非至愿？苟非其时，不如息人。"从此以后，汉朝内部便没有将领再主动提议对北匈奴用兵了。

建武中元元年（公元56年），南匈奴栾提比单于去世，至此失去了领导核心的南匈奴日渐衰败。建武中元二年（公元57年），光武帝刘秀病逝，北匈奴对汉朝北方边境的袭扰再度死灰复燃。永平五年（公元62年），北匈奴连续进犯五原郡和云中郡，虽然均被当地的南匈奴部族击败，但却唤醒了汉朝百姓对北匈奴铁骑恐怖的回忆。

永平八年（公元64年），汉明帝刘庄派遣越骑司马郑众率团出使北匈奴，试图维护与之建立的良好关系。不料谈判尚未开始，北匈奴人便要求郑众向单于叩拜. 郑众没有屈从，双方一度陷入了剑拔弩张的紧张状态。北匈奴派兵合围了汉朝使团的居住地，并断绝了一切供应，郑众则佩刀相向，局势险些失控。最终北匈奴被迫让步，允许郑众使团先行回国才化解了一场外交危机。郑众虽然没有像苏武般被匈奴扣留，但外交解决汉、匈矛盾的大门却也就此关上了。

永平十五年（公元72年），汉明帝刘庄听取谒者仆射耿秉所谓“以战去战，盛王之道”的建议，决心通过对北匈奴用兵来树立自己的政治威信。但从史书对耿秉“博通书记，能说《司马兵法》，尤好将帅之略”的描述来看，此人擅长的不过是纸上谈兵，并没有独立指挥军事行动的能力。而其更大的短板还在于，耿秉所在的耿氏集团起于河北，其门生部曲多为河北、辽东人士。为了更好地完成此次打击北匈奴的行动，刘庄不得不倚重河西的窦氏集团。

此时窦融已于永平五年（公元62年）去世，在窦氏家族中，汉明帝刘庄比较信任的还是自己同母姐姐刘中礼的丈夫窦固。当然除了有姻亲关系之外，窦固还拥有着耿秉无法比拟的实战经验。早在永平元年（公元58年），窦固便率领羽林军协同捕虏将军马武出征陇右，大败来势汹汹的烧当羌。不过不久之后，窦固便因刘庄对窦氏集团的打压而被免职，在家禁锢了十多年。

尽管对汉明帝刘庄的前倨后恭，窦固心里未必没有想法，但他还是尽心竭力招揽窦氏旧部，协助耿秉出征西域。而正是在这个过程中，已经失业在家的班超，被窦固招入军中，任命为假司马。班超也没有辜负窦固的信任，最终为汉朝重新建立起了西域的和平与繁荣。

第三章

从戎：出击匈奴，班超建功

◆ 茫茫十年：漫长等待，华丽转身 ◆

在班超相关传记中，他的“投笔”和“从戎”紧密相连，中间几乎毫无空当可言。但从历史的相关记载来看，从永平五年（公元62年）班超上京为兄鸣冤，随后定居洛阳，至永平十六年（公元73年），跟随窦固出征北匈奴，其间足足有漫长的十余个春夏秋冬。

我们无法想象班超这样心怀大志的人会长时间地忍受枯燥乏味的案牍抄誊，而他被汉明帝刘庄看重，担任兰台令史的时间似乎也不长。那么在此后的岁月里，班超究竟身在何处？为何事奔波？史料中并没有留下明确的记载。但是从汉朝这一时期的内政外交，似乎还是能够发现一些与之相关的蛛丝马迹。

永平初年，汉朝政坛最显著的变化，无疑是东平王刘苍的数度归藩，又数度复起。在《后汉书》和《资治通鉴》等史料中，我们所能读到的大多无非是兄友弟恭的一团和气，但仔细分析却不难发现这背后或许另有隐情。

东平王刘苍第一次上书汉明帝刘庄，请求辞去骠骑大将军的职务，返回自己的封国，是在永平四年（公元 61 年）。《资治通鉴》记载地非常简单，刘苍因“至亲辅政”且“声望日重”，而倍感不安，于是向自己的哥哥刘庄表示：“自汉朝开国以来，皇族子弟无一人身居公卿要位，我请求奉还骠骑将军的印信绶带，并返回封国。”

与之相比，《后汉书》对刘苍辞任的记载则相对详细些。刘苍首先感谢了汉明帝刘庄长期以来的信任“在家备教导之仁，升朝蒙爵命之首”，随即又表示将“暴骸膏野，为百僚先”，然后话锋一转，刘苍又宣称自己“愚顽之质，加以固病，诚羞负乘，辱污辅将之位”，还特别引用了一个典故，说已经自己被人调侃为“‘三百赤绂’之刺”了。

赤绂，又称“赤芾”“赤绶”，指的是士大夫阶层身着代表身份的红色蔽膝。刘苍说自己已经成了“‘三百赤绂’之刺”，表面上是说自己在朝臣之中卓尔不群，却也暗含着直言进谏、触怒天颜之意。那么刘苍得罪过刘庄吗？答案当然是肯定的，就在永平四年（公元 61 年）的春天，汉明帝刘庄出外巡视，曾计划在河内郡进行大规模的围猎，刘苍得知之后便上书劝谏，表示春天围猎会影响当地的农业生产。刘庄看过这份奏章后，便取消了围猎的计划，返回了洛阳。

那么刘苍与刘庄之间的矛盾，仅局限于一场围猎吗？从《后汉书》的记载来看，似乎并没有那么简单。刘苍在“辞职报告”中明确表示，他之所以选择离开中枢，是因为“方域晏然，要荒无儆”，既然四海升平，那么基于“文官犹可并省，武职尤不宜建”的原则，他这个骠骑大将军也就没有必要存在了。

但是在汉明帝刘庄执政初期，天下似乎并不太平。除了北匈奴频频进犯之外，西域亦是战乱不断。刘苍身为武职自然想要领兵出征、建功立业，可偏偏刘庄即位以来，不是忙于四处巡幸、修建宫阙，便是猜忌群臣、打压勋旧。正是在这样的氛围下，刘苍萌生了退意。

为此刘苍还特意引用了一个典故，叫“象封有鼻，不任以政，诚由爱深，不忍扬其过恶”，说的是上古贤王虞舜虽然与同父异母的弟弟象关系恶劣，但还是将其册封在有鼻，虽然没有给他实际的权力，却体现出兄长的关爱。刘苍提起此事，其实是将自己比作象，希望汉明帝刘庄不要再让他在中枢担任要职了。

对于弟弟刘苍的请辞，汉明帝刘庄表面上一再挽留。但却在永平四年（公元61年）罢免了司徒郭丹、司空冯鲂，加上前一年撤换的太尉赵憙，汉朝官阶最高的三公全部易人。值得注意的是，赵憙、郭丹、冯鲂不仅是跟随光武帝刘秀一路走来、身负战功的老臣，而且都曾在北方任职，对北匈奴的威胁有着深刻而又敏锐的认识。刘庄对他们的撤换，表面上看是因为在处理中山国相薛脩、陇西太守邓融的案件时存在不法行为。但同时先后罢免三公，很大程度上打压了朝野上下鼓吹对北匈奴用兵的“主战派”。

正是由于政见上的不合，永平五年（公元 62 年）二月，汉明帝刘庄最终同意刘苍归藩，但并未收回骠骑大将军的印绶。而随着当年冬天北匈奴再度大举南下，刘庄又于永平六年（公元 63 年）召回了刘苍。就在此时，北匈奴派出使者，提出罢兵互市的请求。希望通过经济手段来消弭战争的刘庄随即爽快地应允了。永平七年（公元 64 年），深感失望的刘苍在出席完母亲阴太后的葬礼后，再度返回了自己的封国。

永平八年（公元 65 年），汉、匈边境地区再度烽烟四起，汉明帝刘庄试图再次与北匈奴进行交涉，但被郑众阻止了。郑众向刘庄解释道：“北匈奴单于之所以要向我朝派出使者，目的不过是想挑拨南匈奴单于的部众，坚定西域诸国对其的效忠之心。北匈奴单于吹嘘已同我朝通好，乘势向邻国夸耀，使西域那些打算归附我朝的邦国畏缩猜疑，使流亡在外，怀念故土的人对我朝绝望。我此前抵达北匈奴后，单于便已十分傲慢自负，如果再派使者，他一定会自以为是。如此一来，北匈奴群臣中反对与我朝为敌的人也就不敢再说话了。南匈奴王庭也会发生动摇，乌桓亦将与我们离心离德。”但刘庄对郑众的建议却置之不理。

在这样的背景下，汉朝朝野上下主张强势应对北匈奴威胁的人，显然日子都并不好过。虽然不知道班超在兰台令史的岗位上工作了多久，又是因为犯下了什么样的过错而被罢免的。但以班超仗义执言的性格，其很难在汉明帝刘庄面前保持缄默。而连自己同胞手足都不能相容的刘庄，也很难将这样一个力主对北匈奴用兵的人留在自己的身边，因此班超最终被赶出汉朝中枢也在情理之中。

关于班超之后的去向，史料中虽然没有给出明确的答案，但是以班氏家族当时的经济状况，他不太可能长期赋闲在家。而以班超不甘久居人下的性格，恐怕也不会再去从事诸如抄誊之类简单而又机械的工作了。那么班超如果要继续留在洛阳谋求政治上的发展，很大可能便只能依靠于外戚、亲贵，成为这些政治豪强的门客。

门客，又称宾客、食客。是中国古代具有真才实学，却又无晋升手段，只能寄托于权贵门下生活的特殊群体。最早意义上的门客，出现在春秋战国时期。汉朝定鼎之后，王公贵族亦继承了先秦的“养客之风”。随着汉朝中央集权的确立，门客往往可以经由主家的推荐，通过察举制而在官僚体系中谋得一官半职。因此，如果班超真的要如良禽般“择木而栖”，在洛阳城内寻找合适主家投奔的话，那么作为与班家有着千丝万缕联系的窦氏一族，显然是其首选。

尽管当时窦氏在汉明帝刘庄的打压下，大多已被迫离开了洛阳，但窦融之侄窦固却终究是光武帝刘秀的女婿、汉明帝刘庄的姐夫。虽在永平五年（公元62年）因其堂兄窦穆的罪行而被罢免了中郎将之职，但在洛阳仍有一定的影响力，班超很可能曾前往投奔。班超是一直忠心耿耿地等到永平十五年（公元72年）窦固重新获得刘庄的重用，还是心灰意冷地离开了窦府，我们并没有确切的答案。但从当时汉朝所颁布的法令来看，班超若此时离开洛阳，返回河西地区，可能暂时就摆脱了人生的困境。毕竟从永平五年（公元62年）开始，刘庄便下令遣返迁到内地的边郡之民，并以“治装费”的名义，每人给予两万钱的补贴。班超如果领到这笔钱，不仅能够极大地改善生活状况，更足以在河西地区重新开始自己的人生。

无论如何，从兰台令史被罢免，到成为窦固麾下的假司马，在那看似空白的十多年光阴里，班超完成了从一个热血书吏到河西游侠的华丽转变。而正是这十多年的历练，为他未来纵横西域打下了良好的基础。

◆ 鏖战天山：用兵西域，班超显威 ◆

永平十五年（公元72年），汉明帝刘庄最终决定对北匈奴用兵。继承了光武帝刘秀对匈奴包容政策的刘庄，为何突然表现得如此激进，相关史料并未给出明确的记载。但《资治通鉴》详细记录了耿秉对此次军事行动的全面规划。

耿秉认为，北匈奴作为北方的边患，我朝之所以长期无法彻底将其降服，除了北匈奴本身的军事力量强大之外，主要还缘于得到了鲜卑、乌桓等“引弓之类”的草原部族的支援，以及控制着被称为“左衽之属”西域诸国。因此，汉武帝刘彻率先于河西走廊设立了武威、酒泉、张掖、敦煌四郡，并屯兵于居延、朔方一线，从而在夺取了匈奴“肥饶畜兵之地”的同时，切断了匈奴与西域的联系。最终迫使匈奴在连续的军事打击下，陷入分崩离析的境地。

基于这种情况，耿秉提出尽管此时北匈奴并未大举南下，但刘庄仍应未雨绸缪，果断地效仿汉武帝刘彻，出兵西域，打击与北匈奴结盟、为祸一方的车师国，以“断其右臂”。再拔除北匈奴在天山以北的主要据点——伊吾，从而“折其左角”。

从耿秉的这番表述中，我们不难看出当时汉、匈之间还未到势不两立的战争状态。展开大规模军事行动的真正目的主要在于惩戒车师，恢复汉朝与西域诸国之间的联系，从而孤立北匈奴，使其不敢再轻易南下挑起新的军事冲突。那么，车师国到底干了什么，让以耿秉为首的汉朝“少壮派”军人对其如此深恶痛绝呢？这一点，我们还是要从光武帝刘秀至汉明帝刘庄执政期间的西域政治形势说起。

车师，又名姑师。由于国境东连敦煌，西通焉耆，南邻楼兰，北接匈奴，自古便是西域的重要交通枢纽之一。元光六年（公元前129年），长期被匈奴扣押的张骞趁人不备，逃出匈奴王庭之后，便是经车师、焉耆，再溯塔里木河西行，过库车、疏勒等地，最后翻越葱岭，到达大宛的。或许正是缘于这段历史，在此后的很长的一段时间里，汉朝使团出使西域都经常取道车师。

往来的汉朝使团所带来的先进文化和生产技术，得到了车师百姓的喜爱和推崇。但那些长期垄断西域贸易的车师贵族，却并不买汉朝的账。他们暗中勾结匈奴，向其提供情报，让多支汉朝使团和商队遭到了匈奴的劫杀。有鉴于此，元封三年（公元前108年），汉武帝刘彻命从票侯赵破奴率军西征，惩戒车师。此后在汉、匈的屡次交锋中，车师都是双方争夺的重点。经过几轮的政治拉锯后，元康四年（公元前62年），最终形成了亲汉朝的车师故太子军宿，率众迁往渠犁定居；而匈奴则拥立兜莫为车师国王，退守博格达山北麓的局面。车师至此分裂为前、后两部（亦称前、后国）。

神爵二年（公元前60年），匈奴日逐王投降，汉、匈之间旷日持久的西域争夺战，最终以汉朝的获胜而告终。但是由于车师前、后两部之间派系利益的无法调和，车师国分裂的局面并未由此而终结。车师贵族在汉、匈之间两头下注的状态，随着时间的推移，又出现了新的情况。

天凤三年（公元16年），焉耆国发动叛乱，杀死了驻守在当地的新朝西域都护但钦。王莽为了挽回颜面，派遣曾经出使过匈奴的五威将王骏与新任西域都护李崇、戊己校尉郭钦等出使西域，希冀调集西域诸国部队进攻焉耆。汉朝使团经玉门千秋隧进入西域，在途中集结了莎车、龟兹、尉犁等诸国联军约七千人。但由于王骏缺乏军事才能，竟将这支颇为可观的军队分为数队，还命郭钦等人单独指挥一队断后。

大军抵达焉耆边境，这个西域小国便随即宣布投降。王骏自以为得意，正准备入城受降时，焉耆伏兵四起，王骏麾下尉犁等国军队也临阵倒戈。等郭钦赶到时，王骏部已经全军覆没。无奈之下，郭钦只能取道车师，退回中原内地。

随着新朝势力的退出，西域再度陷入无序和混乱之中。为了自保，更为了兼并邻国，车师后部自然也跟着不安分起来，其在匈奴的支持下，大举吞并和控制邻邦，最终以车师后部为中心，掌控车师前部、东且弥、卑陆、蒲类、移支五部，形成了所谓“车师六国”的庞大政治集团。

车师，这个匈奴在西域最大的代理人，已经成了汉朝重新在当地施加影响的“拦路虎”。因此耿秉才提出集中兵力，率先对其展开军事打击，以削弱北匈奴的实力。在汉明帝刘庄召集耿秉、窦固、祭彤、马廖、刘张、耿忠等一同商议的过程中，却有人提出大军沿着河西走廊向天山方向进击时，很容易遭到来自侧翼北匈奴的攻击，因此应该同步在汉朝东部边境发动攻势，以牵制北匈奴。

尽管在史料中未明确指出提议东线出击的这位重臣是谁，但从后续的发展来看，祭彤的可能性无疑最大。一方面，祭彤此前曾任辽东太守，通过恩威并施的手段先后招降了鲜卑、乌桓等部，在辽东地区具有极高的声望。另一方面，祭彤此时不仅担任太仆，还掌管着汉朝的马政及兵器生产，深得汉明帝刘庄的信任。刘庄有一次出巡鲁地，坐在孔子的讲堂之中，指着一旁子路的房间对左右说：“太仆祭彤对我来说，就如同子路与孔子的关系，是替我抵御外侮的人。”正是缘于这份对祭肜的信任，本身缺乏作战经验的刘庄从谏如流，最终将耿秉原定仅限于打击车师的军事行动，扩展为一场汉、匈之间的全面战争。

永平十五年（公元72年）冬，耿秉与窦固分别带领副将秦彭、耿忠到达凉州整军备战。随着雪消冰解，祭肜率先与度辽将军吴棠率领河东、河西地区的羌人、胡人雇佣兵及南匈奴人马，共一万余骑，浩浩荡荡地从高阙塞进入大漠。与此同时，骑都尉来苗、护乌桓校尉文穆率领太原、雁门、代郡、上谷、渔阳、右北平、定襄的郡兵及乌桓、鲜卑部共一万余骑，从平城（今山西大同市东北）方向出塞，准备配合祭肜部，寻找北匈奴主力展开决战。

理论上说，祭肜这一路人马，即便不能取得辉煌的大胜，也多少会有所斩获。但偏偏祭肜的人马多为南匈奴的骑兵，这些人本就不愿意与同胞为敌，加之首领左贤王信与祭肜不和，因此大军从高阙塞出发后不久，南匈奴骑兵便谎称已经抵达了大漠天险——涿邪山。对匈奴境内地形不甚了了的祭肜信以为真，随即决定撤军。不想一回到洛阳，祭肜便与吴棠一道被以“逗留畏懦”的罪名逮捕了。

汉明帝刘庄之所以对祭肜如此决绝，很大程度上还是由于他此前设计的战略完全没有起到对北匈奴的牵制作用，反而白白浪费了大量的兵力。来苗、文穆的部队虽然一度抵达了匈奴河（今蒙古巴彦洪戈尔省拜达里格河），但沿途的北匈奴牧民早已逃散，因此并无斩获。原定投入西域战场的耿秉、秦彭部也被要求从张掖居延塞方向配合祭肜的行动，最终却只是横穿了沙漠，到达了早已人去楼空的北匈奴句林王牧场。也就是说，在祭肜的错误战略指挥下，汉朝军队在大漠中进行了一场声势浩大而无任何作用的武装游行，只留下窦固和耿忠部去独力承担“击破匈奴左翼”和“惩戒车师国”的艰巨任务。

或许正是由于兵力不足，窦固在屯兵凉州期间，便不遗余力地招揽各方力量，以便聚沙成塔，最大限度地充实部队。班超极有可能是以窦氏门客或河西当地招募的勇士的身份走进了军营。无论他是以何种身份投身行伍，窦固对这位世交之子还算赏识，授予了假司马之职。但在当时的条件下，这一任命可能只是一张空头支票，麾下的兵员还需要班超自己招募。

之所以出现这样的局面，是因为光武帝刘秀为了与民休息，避免出现拥兵自重的地方势力，而从建武六年（公元 30 年）至建武二十三年（公元 47 年），五次裁撤郡国兵。其中建武七年（公元 31 年），光武帝刘秀下诏裁撤了各郡国下属的“轻车”(战车兵)、“骑士”(骑兵)、“材官”(步兵)、“楼船”(水军）及“军假吏”(无编制的下级军官)。建武九年（公元 33 年），又裁撤了在险要之处的“关都尉”。建武二十三年（公元47年），连负责缉捕盗寇的亭侯吏卒也全部“省罢”了。

裁撤士兵的消极后果在短期内还未显现，但随着时间的推移和形势的变化，消极影响就日益明显。一遇战事，汉朝中央军不足以应付，只得临时征调。但征调来的士兵又未经训练，战斗力低，只好转而依靠募兵。募兵规模越来越大，中央军均由招募而来，地方郡县保留的少数军队也多由招募而成。最终“募兵制”逐渐取代了自先秦以来的“征兵制”而成了汉朝主要的兵役制度。

根据史料记载，窦固与耿忠在永平十六年（公元73年）二月率军出征之际，其麾下除了卢水流域的羌人和胡人雇佣军之外，其余均为在酒泉、敦煌、张掖三郡所招募的甲士。尽管在这个过程中班超如何帮助窦固招兵买马、积草屯粮，我们并不清楚。但《后汉书·显宗孝明帝纪》曾提到，早在永平二年（公元59年），为了应对与渭水上游羌人烧当部的战事，汉朝曾以每人发放三万钱来招募士卒。在这样一笔不菲的重赏面前，自然不乏慷慨前行的赳赳勇夫。而有了这样的先例，班超招募士卒的工作也进展得颇为顺利。

带着从河西招募的士卒，班超跟随窦固的大军从酒泉出塞，随即便在天山一线遭遇了北匈奴呼衍王部的主力。尽管相关史料之中并未记录北匈奴的具体兵力，但从日后永建元年（公元126年）呼衍王部被班超之子班勇击败后，被迫在枯梧河一线向汉朝投降之时仍有两万部众估计，其全盛时期所能动员的兵力应该远远超过窦固、耿忠部的一万两千余骑。

好在窦固部此时锐气正盛，窦固亲率主力在天山一线强攻北匈奴主力的同时，另外派出一队游骑突袭了呼衍王位于伊吾的王庭。从《后汉书·班超传》中，“将兵别击伊吾”的表述来看，时任假司马的班超很可能便是这支“别动队”的最高指挥官。

让班超这样一个没有太多实战经验的中级军官去承担如此重要的任务，看似不合情理，但考虑此时窦了固麾下虽有耿忠等一干将佐，然而这些来自洛阳的勋贵子弟或许没有孤军深入敌后的胆量。军中的卢水羌人、胡人虽然骁勇，但窦固终究不放心他们单独出击。窦固思来想去，似乎也只有班超及其麾下的河西募兵能担负这一使命了。

班超出击时是否怀着“壮士一去兮不复还”的悲壮，我们不得而知，但事实证明，他的运气不错，呼衍王完全将注意力盯在了窦固主力的身上。伊吾王庭防守空虚，班超所率的这支小股游骑乘势长驱直入，宛如一把尖刀直插北匈奴的心脏。

呼衍王得知汉军突然出现在自己的侧后方，并威胁其仅有老弱辎重的王庭后，无暇去分辨班超部的兵力强弱，便慌忙下令后方的部族放弃伊吾，拔营向西迁徙。同时呼衍王亲率主力且战且退，向与车师六国接壤的蒲类海（今新疆巴里坤湖）方向撤退。

在察觉北匈奴后方人马异动之后，班超随即率领部下展开追击。由于这部分北匈奴军队战斗力不强，因此班超一路追击到蒲类海，斩获颇多。但在与尾随呼衍王抵达该地的汉军主力会合之后，窦固似乎并未给予班超相应的奖励，而是将他派往了邻近的鄯善国执行外交任务。

窦固的这一安排，表面上看确实有赏罚不公之嫌，但考虑班氏家族此前在汉军之中并无根基，班超在伊吾一线的作战虽可谓大获全胜，但终究远离正面战场。如果大加奖赏，难免会惹人非议。因此，对班超能力抱有十足信心的窦固才做出了命其出使鄯善的安排，因为这不仅是他人不敢轻易尝试的艰巨任务，更将成为班超不可置疑的个人成就。

◆ 荣膺正使：出使于阗，结盟广德 ◆

班超仅率领三十余骑，通过勇敢果断的突袭行动，成功在鄯善国首都全歼了百余人的北匈奴使团，最终让鄯善国改变了亲匈奴的政治立场，重新倒向了汉朝。

消息传到伊吾的汉军营地，窦固当即便将相关情况向汉明帝刘庄进行了汇报，并故意向他表示："自己委派班超出使鄯善，完全是因为战事紧急，不得已采取的临时措施。眼下既然大军已经在西域站稳了脚跟，还请你另外选拔能吏出使诸国，以联通西域。"

汉明帝刘庄此前便因为错信了祭肜的主张，导致数路大军师出无功而懊恼不已。因此在得知窦固在天山一线击败了北匈奴之后，便龙心大悦地加封窦固为位列侯之上、三公之下的"特进侯"。这时又接到了班超成功收服鄯善的消息，自然更加欣喜。他或许还记得十多年前班超从家乡赶到洛阳，为兄长班固鸣冤的模样。只是没想到十多年之后，这位一度消失在自己眼前的青年，竟在遥远的西域成了国之栋梁。

怀着唏嘘和感慨，汉明帝刘庄在回文中赞许了班超，更批复称："军中既然已经有班超这样能干的官吏，朕为什么还要另选他人呢？现在擢升班超为军司马，让他去完成自己想要建立的功业吧！"或许在写下这些文字的时候，刘庄才真正理解了班超，理解了那位曾经在自己身边的兰台令史。

随着汉明帝刘庄的谕旨被送至前线，终于能以堂堂正正的汉朝使节身份出访西域诸国的班超，当即便欲整装出发。窦固有意增派兵马，以加强使团的护卫，却被班超婉言谢绝了。其拒绝的理由，《后汉书·班超传》与《资治通鉴》中的记述略有差异。

《后汉书》中，班超只是从军事角度泛泛地表示："自己只要带上此前出使鄯善时的三十余名部下就足够了。因为这些人跟随自己出生入死，彼此早已建立了信任和默契。临时增派的人手因为互相不熟悉，在发生意外时，反而会成为彼此的累赘。"而在《资治通鉴》中，班超除发表了类似的观点之外，更结合自己此行目的地——于阗"大而远"的特点，提出"今将数百人"，也"无益于强"。之所以出现这样的差异，或许是因为《后汉书》的作者范晔认为，班超一行是离开窦固军营之后，鉴于于阗国王尉迟广德近来攻灭世仇莎车，在西域南道大举扩张势力范围才临时决定将于阗作为自己首访目的地。

客观地说，班超虽然曾经是一个"不修细节"的狂放游侠，但此时终究已年过不惑，且背负着大汉荣辱和三十余名兄弟的身家性命，不至于会干出出发之后再选择目的地这样鲁莽的举动。因此两相对比，《资治通鉴》中的相关记述似乎更为合情合理。

那么为什么班超会在一开始便将于阗定为首访目的地呢？仔细分析当时窦固部所处的位置，我们便不难看出其中有着军事和政治上的双重考量。窦固部虽然在永平十六年（公元 73 年）春，在天山一线击败了北匈奴，此后屯兵伊吾，收服鄯善，算是为汉朝在西域建立了一个稳固的桥头堡，但北匈奴呼衍王部却依旧游牧于蒲类海，与地处西域北道的“车师六国”形成了攻守同盟。在这样的情况下，以窦固现有的兵力显然不足以与呼衍王部相抗衡，或按预定计划进军车师。偏偏汉朝其他部队此时也刚刚结束对漠北的长途奔袭，短时间内都没有余力再次出击。所以，窦固只能在伊吾设立“宜禾都尉”，先行屯垦，以待后援。

随着汉朝在西域北道攻势陷入停滞，如何防御北匈奴的反扑，便成了窦固和班超优先考虑的问题。在双方正面兵力旗鼓相当的情况下，西域各国的向背自然便成了胜负的关键。鉴于通往西域北道诸国的道路被北匈奴、车师所阻，窦固和班超只能将目光投向以于阗为首的西域南道诸国了。

于阗在《史记·大宛列传》中别记为“于窴”，大体于元狩四年（公元前119年）张骞第二次出使西域时，开始与汉朝建立外交联系。但那时的于阗在西域诸国中并不突出，司马迁也只是泛泛称于窴位于大宛国以东，地处青海湖和罗布泊两大水系的交汇处。

在此后的一个多世纪里，于阗对于汉朝而言都只是一个遥远的地理概念。直到王莽因实行一系列错误政策而引发西域动荡，于阗才重新回到汉朝的视线内。

随着汉朝与西域诸国联系的断绝，以车师后部为首的西域北道诸国纷纷倒向北匈奴。但地处帕米尔高原南缘的莎车国却乘势打出了“忠于汉室”的旗号。按照《后汉书·西域传》记载，之所以出现这样的局面，是因为当时的莎车国王延曾在汉元帝刘奭执政时期，在长安工作和生活过一段时间。正是由于“长于京师，慕乐中国”，延在继任莎车国王后，不仅在国内参照汉朝制度进行改革，更教育自己的子孙要“世奉汉家，不可负也”。

撇去莎车王室的个人感情因素，莎车此时作为西域南道诸国的翘楚，不仅在与汉朝的长期交流中积累了强大的国力，更远离纷乱的西域北道。除了没有必要急于倒向北匈奴之外，其不免会有趁火打劫、火中取栗的自我盘算。早在元康元年（公元前65年），时任莎车国王的呼屠徵便曾利用汉、匈争夺车师之际，公然发出“北道诸国已各属匈奴矣”的谣言，逼迫南道诸国与之结盟，试图反叛汉朝。

可惜呼屠徵的举动在西域诸国中不得人心，此时正护送大宛等国使团回国的汉朝使者冯奉世得知此事后，当即便集结一支一万五千人的西域联军，浩浩荡荡地开向莎车，三下五除二便攻克了其首都，夜郎自大的呼屠徵也被迫自杀。

正是有了这样的前车之鉴，莎车此时虽然面对千载难逢的战略机遇，却也不敢贸然站到汉朝的对立面。在国王延及其子康执政期间，莎车始终以汉朝的海外孤忠自诩，并切实保护了此前流落当地的原西域都护治下的官兵及其家属千余人。光武帝刘秀投桃报李地在建武五年（公元29年）册封莎车国王康为“建功怀德王”“西域大都尉”，名义上统领西域诸国。

客观地说，光武帝刘秀对康的册封，更多的只是一种政治姿态。但康的儿子贤，却将此视为汉朝对莎车在西域建立霸权的默认和背书。建武九年（公元33年），康病逝，贤继任莎车国王，随即便开始了对周边国家的并吞。建武十四年（公元38年），莎车攻破了拘弥、西夜两国。

虽然成功迈出了对外扩张的第一步，但莎车国王贤仍对汉朝心怀忌惮。他与鄯善国王安联名向光武帝刘秀上书，以西域诸国苦于北匈奴的横征暴敛，都愿意归属汉朝为由，请求光武帝刘秀挥师出塞，恢复西域都护的设置。但此时的刘秀尚未完成对全国的统一，只能草草地回绝了他们。

眼见汉朝无暇西顾，贤的胆子自然就更大了。他一边秣马厉兵，一边积极寻求汉朝对自己的加封。建武十七年（公元41年），莎车国再度遣使进贡，表面上仍是旧事重提，请求汉朝恢复西域都护的设置，但暗中贤的心腹却四处活动，最终串联窦融等人，联名向光武帝刘秀表示莎车国三代君主都心向汉朝，坚如磐石，不如就册封贤为西域都护，以便巩固汉朝对当地的统治。

光武帝刘秀听从窦融等人的建议，当即便将西域都护印绶及旗帜等物赏赐给了莎车使者。幸好时任敦煌太守裴遵听闻了此事，连忙向刘秀上书称：“莎车国王贤虽然表面恭顺，但始终并非我汉朝的臣子。如果给予了他专治一方的权力，那么不仅会导致其野心膨胀，更会让西域其他国家对您感到失望！”

光武帝刘秀看到裴遵这位跟随自己南征北战的老部下如此焦急的进谏，顿时如梦初醒，连忙下诏收回诏书，改授贤为“汉大将军”。此时莎车使团已经离开了洛阳，幸好中途经过敦煌才被裴遵强行夺回了都护印绶。

尽管自己以“西域都护”名义号令西域诸国的计划最终未能如愿，但贤还是对西域诸国谎称自己已经得到了汉朝的册封，随即向各国征收重税。任何胆敢反抗的国家，都将遭到来自莎车的武力镇压。不敢正面与莎车抗衡的鄯善、焉耆等西域十八国，于建武二十一年（公元45年）联合向汉朝派出质子，并进献珍宝，希望得到汉朝的庇护。

但此时的汉朝刚刚平定中原，一时无力支援西域诸国。光武帝刘秀也不愿与莎车这个自己亲手树立起的标杆反目成仇，便在回赠诸国丰厚的礼物之后，将质子悉数送回。西域诸国得知这一情况后，连忙通过敦煌太守裴遵向刘秀表示，希望能将这些质子暂时留在敦煌，以给莎车造成汉朝已同意给予庇护的假象。刘秀觉得这也不失为一个方法，便答应了下来。

西域诸国遣子入质的假象，虽然一度让莎车国不敢公开大肆扩张。但时间一长，滞留在敦煌的西域王子们便待不住了，纷纷以思乡为名逃回本国。了解到事情真相的贤，带着遭受欺骗的愤怒，挥师攻伐鄯善、龟兹等国。抵挡不住莎车猛烈攻势的鄯善国王安不得不再次向光武帝刘秀上书，表示“愿意再次遣子入质，恳请汉朝尽快派兵进入西域，并设立都护，以恢复当地的政治秩序。否则的话，西域诸国只能投靠匈奴了！”

应该说，对于莎车国肆无忌惮的扩张，光武帝刘秀也颇为不满。但是安这样公然要挟自己，刘秀却显然不可能为其出头，便回复道：“现在的情况之下，汉朝无论是派遣使者还是直接出兵，似乎都不合适。如果西域诸国感觉力不从心的话，那么就请东西南北自在也吧！”刘秀最后这句话表面上说的是方位，其实说的是鄯善地处西域的中心，无论是投靠北方的匈奴，西方的车师，南方的莎车，还是东方的汉朝，完全取决于自己。

虽然鄯善最终选择了紧随车师六国的步伐，一同倒向匈奴，但并非所有的西域国家都有如鄯善这般左右逢源的便利位置。眼见光武帝刘秀对西域诸国的求援不予理睬，贤终于露出了隐藏已久的獠牙，先后攻破了龟兹、妫塞、大宛、于阗诸国，莎车一度成了西域南道无可置疑的霸主。

但与战场上的赫赫战功相比，贤的治国理政水平却实在谈不上高明。建武二十二年（公元46年），攻占龟兹之后，贤以妫塞国拒绝向其臣服，且斩杀莎车使节为由，派兵远征妫塞，俘杀了妫塞王之后，贤另立妫塞贵族驷鞬为王。这样的举措在西域诸国相互征伐之中倒是司空见惯，本也无可厚非。但不久之后，贤又将龟兹分为龟兹、乌垒两国，并调任驷鞬为乌垒国王。但驷鞬在龟兹毫无根基，因此不过数年光景，百姓便揭竿而起，杀死了驷鞬，莎车在当地的统治自然也跟着土崩瓦解。

除了龟兹之外，贤还将自己的这一套任人唯亲的统治方式放到了大宛国。在莎车的武力威慑下，大宛一度主动开城请降。贤将大宛国工押送回莎车，任命自己的兄弟拘弥国王前去治理大宛。结果拘弥国王抵达大宛后，便与邻国康居大打出手，如此兵连祸结，自然得不到大宛百姓的拥护，他只在当地待了一年多，便仓皇逃回了拘弥。最后，贤只能将大宛国王礼送回国，由其继续执政。但没过多久，贤又觉得此事欠妥，便将拘弥、姑墨、于阗诸国的君主召集到了莎车悉数囚杀，转而派遣他的将领去管理这些国家。

武夫当国，不免横征暴敛，滥杀无辜，没过几年上述区域便叛乱四起。永平三年（公元60年），于阗百姓杀死了镇守当地的莎车统帅君德，并拥戴本国贵族休莫霸为于阗国王。贤得到禀报后，随即调集军队前来攻打于阗，最终被休莫霸指挥的于阗百姓所击败。虽然在此后反攻莎车的战斗中，休莫霸被流箭所伤，一命呜呼，但其侄子尉迟广德却继续指挥军队战斗，迫使莎车送还被扣的尉迟广德的父亲，贤更将自己的女儿嫁给了他。至此莎车和于阗之间的攻守态势发生了逆转。

随着于阗的崛起，莎车此前在西域的霸主形象可谓土崩瓦解。眼见西域诸国群情汹涌，尉迟广德乘势于永平四年（公元61年）组织了三万人的联军，浩浩荡荡地围攻莎车首都。面对兵临城下的不利局面，贤试图摆出老牌霸主和岳父的架势，出城与尉迟广德会晤，勒令其退兵。不料却被自己的女婿当场拿下，囚禁了一年之后遭到处决。

尉迟广德虽然成功地集结西域诸国摧毁了莎车的统治，却无力抵挡南下的北匈奴。永平四年（公元61年），北匈奴大军包围于阗，逼迫尉迟广德向其称臣，更将贤的儿子不居徵册立为莎车国王。尉迟广德虽然不久之后便再次攻克莎车，杀死了不居徵，改立自己的小舅子齐黎为莎车国王，但终究无法继承岳父贤的衣钵，在西域建立起于阗新的霸主地位。

或许正是考虑于阗国王尉迟广德此时自视甚高，对汉朝缺乏信任，班超才刻意减少了使团的人数，轻车简从地前往于阗。果然尉迟广德对汉朝使团的态度非常傲慢，身边的巫师更公然宣称："天神对汉朝使团的到来颇为震怒，必须献祭正使班超的坐骑，才能平息神的怒气！"

面对如此荒谬的要求，班超却显得处乱不惊。他向前来交涉的于阗宰相私来比承诺将献祭自己所骑的战马，但需要巫师亲自来取。私来比信以为真，不久便带着巫师一同前来取马。不想班超此时却突然发难，命手下将巫师斩首示众，并拘捕了私来比，狠狠地打了数百皮鞭。但出乎所有人意料之外的是，尉迟广德见到巫师的人头和被打得皮开肉绽的宰相，竟没有生气，反而杀掉了前来监视自己的北匈奴使者，正式向汉朝称臣。

对于尉迟广德这样前倨后恭的表现，《后汉书·班超传》与《资治通鉴》等史料给出的解释，都是尉迟广德此前听说了班超在鄯善国首都突袭北匈奴使团的杀伐决断，在惶恐之余，随即决定向汉朝靠拢。这样的说法看似合理，实则漏洞颇多。首先，班超在鄯善国的行动应该早在其抵达于阗之前，便已传遍了西域。

尉迟广德此前不感到恐惧，缘何此刻却惶恐起来？其次，尉迟广德好歹也是击败莎车，擒杀自己岳父的一代枭雄，怎么可能会因为恐惧，便改变自己的外交立场？针对上述疑点，我们有理由相信，班超在于阗国的所作所为，即便不是与尉迟广德早有默契而演的双簧，也可能在一定程度上正中尉迟广德的下怀。

尉迟广德作为一个带领国家走出困境的马上君王，其执政的合法性来源于改变了莎车对于阗的压迫。而随着莎车霸权的崩溃，尉迟广德也不可避免地会遭到国内贵族“得位不正”的指摘。可以想见，其中闹得最凶的必然是那些热衷于“代天言事”的巫师以及如私来比这样的职业官僚。而这些在于阗国内拥有庞大势力的既得利益集团，要想架空尉迟广德就需要强大外部力量的支持，北匈奴便成了其主要的靠山。因为班超以迅雷不及掩耳之势，解决了巫师，又重创了私来比之后，尉迟广德才会如此果断地处决北匈奴使者，并在外交层面上改弦易辙，通过全面倒向汉朝来获取对自己执政合法性的承认。

第四章

孤立：西域纷乱，班超坚守

◆ 奇正相合：西域北道，将帅一心 ◆

班超出使于阗，协助于阗国王尉迟广德铲除巫师和职业官僚对王权的干扰，使得汉朝在西域的影响力得到迅速提升。此后西域诸国纷纷遣子为质，汉朝与西域中断了六十余年的联系，至此终于得到了恢复。但从当时西域的政治形势来看，班超虽成功让以鄯善为首的西域中部诸国，以及以于阗为首的西域南道诸国改变了原有亲近北匈奴的外交立场，但以“车师六国”为首的西域北道诸国却依旧是北匈奴的铁杆盟友。

为了进一步分化北匈奴在西域的政治势力，班超于永平十七年（公元74年），从于阗出发，沿着塔里木盆地的南缘，踏雪而行，于当年三月抵达了地处西域南北交汇处的疏勒国。此时班超手下除了原有的三十余骑之外，可能还有一部分尉迟广德所派出的人马以及在于阗国内招募的西域雇佣兵。之所以如此劳师动众，主要是因为从于阗前往疏勒，不仅要通过此时仍处于动荡之中的莎车国，更有强大的龟兹国在一侧虎视眈眈。

龟兹，又称丘慈，因其地处西域北道的交通要冲，又得到冰雪融水的浇灌而成了塔克拉玛干沙漠边缘难得的绿洲。早在西汉初年，龟兹便是西域数一数二的强国。汉武帝刘彻执政时期，龟兹曾数度反复，但最终还是在汉朝强大的军事、经济和文化影响下，选择倒向汉朝。元康元年（公元前65年），龟兹国王绛宾带着自己的妻子弟史千里迢迢地来到长安，觐见汉宣帝刘询。

在得知弟史是汉朝解忧公主之女时，汉宣帝刘询不仅当即册封弟史为公主，更慷慨地赏赐给绛宾数十人规模的乐队以及价值不菲的各类珍宝。绛宾感恩戴德之余，回到国内，大举推崇汉文化。

在汉朝的帮助影响下，龟兹国一度拥有西域最大的城市和最多的人口。根据《汉书·西域传》的记载，龟兹国鼎盛时，国内有居民六千九百七十户，常住人口八万一千三百一十七人，常备武装力量二万一千零七十六人。正因为龟兹国富兵强，所以莎车国王贤征服龟兹后，一度将其分割成两个国家。但也正是这一错误决策，最终导致龟兹民众群起抗暴。

在摆脱莎车的统治后，龟兹贵族身毒继任新国王，并迅速倒向北匈奴。龟兹凭借着强大的军事力量，陆续征服了邻近的姑墨、温宿、疏勒等国，成了北匈奴在西域北道仅次于“车师六国”的重要盟友。

面对背靠北匈奴的龟兹，手下仅有三十余骑的班超应该理性地敬而远之。但偏偏这位汉朝的特使坚持要将“不入虎穴，焉得虎子”的精神发扬到底，竟带着小股部队悄悄越过了忠于北匈奴的莎车、龟兹两国，神不知鬼不觉地抵达了疏勒国境内。

在疏勒国都盘橐城外，班超暂时停止了脚步，找了一个名叫田虑的部下，要他入城勒令疏勒国王兜题投降。如此天马行空的方案，正常人恐怕都要打退堂鼓，但在班超详细分析了疏勒国内的形势后，田虑便慷慨激昂地出发了。

从事情的后续发展来看，班超应该早在正式以汉朝使节出访于阗前，便已经完全掌握了西域各国的政治形势。对于疏勒国的情况，班超也可谓了如指掌。他很清楚此时执掌疏勒的兜题并非疏勒人，而是龟兹王身毒以武力征服疏勒后，安插在当地的代理人。这样一个傀儡国王，不仅在疏勒国内得不到民众的拥护，自己恐怕也是贪生怕死之辈。因此班超嘱咐田虑，进入疏勒城后如果劝降不成，就当机立断将兜题拿下。

果然面对田虑的突然发难，兜题身边的一干疏勒卫士当即作鸟兽散。城外班超得知田虑得手的消息后，随即带领大队人马进城。疏勒国的亲贵、将佐和官吏纷纷向班超控诉龟兹对疏勒所实行的残酷统治，并请求拥立已故疏勒国王的侄子忠为王。班超听从了他们的意见，但忠登基后的第一件事，便是希望班超能够处决兜题。

班超考虑他代表汉朝出使西域的目的，是为了维护和平与地区秩序，并非挑起战争。因此最终还是拒绝了忠的请求，将兜题释放了。而后为了协助忠稳定疏勒国的内部政局，班超率部驻守在盘橐城中，此时的他或许并没有想到这一待便会是漫长的十七年。

在得知班超成功收服了于阗、疏勒等国的消息后，汉明帝刘庄于永平十七年（公元74年），再度下诏命奉车都尉窦固、驸马都尉耿秉、骑都尉刘张等人调集部队，向盘踞西域北道的“车师六国”进军。经过一段时间的集结和调遣，一支一万四千余骑的汉军终于在当年十一月从敦煌昆仑塞进入西域。刘庄为了统一军队的指挥权，特意命耿秉、刘张交出兵符，由窦固全权负责这次的军事行动。

汉军进入西域后，在蒲类海再度与北匈奴呼衍王部展开激战。不得不说，窦固充分掌握了草原游牧部落的生产生活规律。他两次与北匈奴的交战均避开了草原秋高马肥的季节，而选择在水草枯竭、北匈奴部族相对疲敝的冬季进军。就在这此消彼长的情况下，呼衍王再度大败，不得不放弃蒲类海一线的牧场，向北方溃退，通往“车师六国”的道路终于被打开了。

在如何展开下一步军事行动的问题上，窦固和耿秉之间产生了分歧。窦固从传统的军事理论出发，认为应该循序渐进，先击破以交河城为中心的车师前部，再进军山深谷险的车师后部。但耿秉却认为，车师后部国王是车师前部君王的父亲，只要攻破了车师后部，那么车师前部便会不战而降。就在双方争论不休之际，耿秉高呼一声“请先行”，便跑出军帐，骑上战马，带领自己的部属扬长而去。

换作其他统帅，即便不以目无长官的名义将耿秉治罪，也十有八九会按兵不动，坐视其成败，但窦固却显然没有这般小肚鸡肠。他亲自率领大军，跟随耿秉一同杀奔车师后部，并在遭遇战中击败了“车师六国”的联军主力，斩首数千级。从《汉书·西域传》的记载看，车师前、后两部的常备武装力量也就不过一千八百余人，再加上其余四国的兵力，此战的损失真可谓伤筋动骨。耿秉率部直驱车师后部的王城务涂谷时，车师后部国王安得惊恐万分，慌忙带领数百骑亲卫出城投降。

随着车师后部的投降，车师前部及其余四国也随即纷纷向汉朝称臣。耿秉此前向汉明帝刘庄所提出的“断匈奴右臂”的战略基本达成。如果继续按照战略计划执行，此时的汉朝军队理应继续西进，打通与昔日西域重要盟友乌孙之间的战略走廊，再乘势北进，降服北匈奴呼衍王部，以彻底实现折匈奴“左角”的目标。

但此时汉明帝刘庄的健康状况每况愈下，只是草草任命陈睦为西域都护、耿恭为戊校尉、关宠为己校尉，留下有限的军队驻守西域，便于永平十八年（公元75年）二月，诏令窦固等人解散部队，返回洛阳听用。

后世史书并未记载班超在窦固击败呼衍王部及收降“车师六国”中的表现。但可以想见，此时的班超应该也在竭力为策应窦固的军事行动而努力着。而随着汉军主力撤走，已经深刻了解西域政治格局的班超，显然更能预感到即将到来的危局。可惜此时远离汉朝政治中枢的他，并无力改变什么，只能坐等那遥远的草原之上，风暴逐渐逼近……

◆ 浴血孤城：去而复返，坚守疏勒 ◆

永平十八年（公元75年）春，随着汉军主力的撤走。北匈奴迅速调集左鹿蠡王部两万骑兵进攻车师后部，此前刚刚在与汉军交锋中损兵折将的“车师六国”自然无力抵抗。驻守金蒲城（今新疆吉木萨尔北）的戊校尉耿恭连忙调集三百余人赶往支援，可惜在北匈奴强大的攻势面前，这支汉军部队很快便因寡不敌众而覆灭。

眼见北匈奴势大，车师后部国王安得只能故伎重演，出城请降。但左鹿蠡王却不愿宽恕他的两面三刀，当场将其斩杀之后，在车师后部境内大肆屠掠，随后北匈奴又将进攻的矛头指向了耿恭所据守的金蒲城。虽然汉军凭借装备的硬弩以及突如其来的暴风雨，击退了北匈奴的首次围攻，但考虑金蒲城周围一马平川，难以长期固守，耿恭最后还是决定弃城，转而退守东北方向的疏勒城。

疏勒城虽与疏勒国同名，但两者却相距甚远。在耿恭决定依托疏勒城与北匈奴长期周旋之际，显然是看重了其易守难攻的优势。但他却似乎忘记了，复杂的地形虽然遏制了北匈奴的攻势，却也让守城部队难以突围和转移。

从永平十八年（公元75年）三月到建初元年（公元76年）正月，疏勒城两度被北匈奴围攻。城中粮草迅速耗尽，汉军士兵只能用兽筋和皮革来充饥。在这样的情形下，疏勒城虽然坚固，但陷落却也只是个时间问题。

北匈奴大举进攻之时，正值汉明帝刘庄病逝，其子刘炟即位之际。作为刘庄的第五个儿子，刘炟非嫡非长，本无缘继承皇位。之所以被册立为太子，很大程度上是因为他是明德皇后马氏养子的缘故。

明德皇后马氏是伏波将军马援的小女儿，据说在待字闺中之时便有相士为其算命，称她日后必定母仪天下，但“贵而少子”，因此只能收养别人的孩子。此后她凭借着父亲的赫赫战功以及刘庄生母阴丽华的支持下入主东宫，却始终未能诞下皇子。无奈之下，明德皇后马氏将贾贵人的儿子刘炟收归膝下，并全力支持他继承皇位。

刘庄逝世之时，刘炟已经十九岁了。按常理说，他已经能够独立执掌朝政。但偏偏已经升任皇太后的马氏，却通过自己的三个哥哥——虎贲中郎将马廖、黄门郎马防及马光依旧掌握着极大的话语权。

永平十八年（公元 75 年）十一月，忙完安葬父亲刘庄和调整洛阳中枢官员的汉章帝刘炟，才终于有时间来过问西域的战事。此时北匈奴大军除了继续围攻疏勒城之外，还在大举进攻己校尉关宠驻守的柳中城。

柳中城（今新疆鄯善县鲁克沁镇）是西域北道的要冲。它一旦被攻克，不仅汉朝好不容易与西域诸国重新建立起的联系将被切断，而且倒向汉朝的鄯善等国也势必会遭到北匈奴疯狂地屠戮和报复。因此柳中城在被围之前，关宠便已经向西域都护陈睦以及洛阳求援。

作为汉朝在西域的最高军政长官，都护陈睦手中只掌握着一支规模不大的机动部队，但他能够以汉朝的名义，调动西域诸国的部队抵抗北匈奴。只可惜，此时的陈睦刚刚就职不久，还没有像原西域都护甘延寿那般的政治威望。本就对汉朝充满敌意的龟兹，此时更联合长期与北匈奴亲近的西域强国焉耆，突袭了陈睦部。

猝不及防的陈睦，最终和大多数部下一起倒在了龟兹、焉耆联军的屠刀下。龟兹随即又动员姑墨等国，开始围攻此前脱离其掌控的疏勒国。面对来势汹汹的敌人，班超与新任疏勒国王忠只能依托盘橐城死守。这场攻防战持续了将近一年的时间。

作为疏勒国的首都，盘橐城内储备了大量的物资，因此在坚守的过程中，班超或许没有经历耿恭及其部下那般的绝粮之苦，但那种孤立无援的绝望却是相同的。更让班超感到无奈的是，在汉章帝刘炟继位之初，在得知西域都护陈睦部全军覆没后，一度做出了召回班超的决策。

可以冠冕堂皇地以上级命令的名义远离危险，或许是很多身处绝境之人心中梦寐以求的脱身良机。班超也是凡人，面对生死抉择，他也会遵从人性的本能，作出趋利避害的反应。但盘橐城中那些与之并肩作战的疏勒官兵和百姓得知班固要走后，却显然无法接受这一事实。疏勒国都尉黎弇更愤然在班超面前拔刀自到，临终之前更决绝地表示："汉朝使者离开之后，我们国家难免要被龟兹所吞灭，与其死于龟兹人的刀下，不如就死在汉朝使者的面前！"

黎弇的死犹如一个梦魇，始终萦绕在班固的脑海中。当他顺着一年前的老路，到达于阗国时，更不得不面对于阗国王尉迟广德及无数百姓的苦苦挽留。看着那些对汉朝如父母般依赖的于阗人，班超终于战胜了自我，果断地重返了疏勒。此时的疏勒国王忠已经被迫开城投降，龟兹国王身毒则将疏勒交给附庸尉头国军队驻守。六百余名尉头国士兵显然没有料到班超会去而复返，几乎在来不及抵抗的情况下，便悉数歼灭。

在班超前往疏勒国时，手中的兵力仅有一直跟随他的三十余骑以及在于阗国招募的雇佣军。经过一年多的激战，这些有限的兵力早已消耗殆尽。班超部能够在这么短的时间内一举消灭驻守疏勒国的尉头国军队，除了可能得到了疏勒国军民的支持外，恐怕还得益于尉迟广德的军事支援。

虽然经过一番磨难，班超还是成功为汉朝保住了以疏勒和于阗两国为中心的基本盘。也正是因为有了班超在西域的坚守，汉朝虽然在北匈奴的大举反扑之下损兵折将，但终究保留了卷土重来的资本。

身处洛阳的汉章帝刘炟并没有太多的执政经验。

面对棘手的西域战局，首先想到的自然是召集重臣前来会商。而此时汉朝的中枢官员也刚刚经历了一轮新老交替。汉明帝刘庄时期，内管宫廷警卫、外行宰相职责的节乡侯赵熹被免了太尉的职务，虽依旧能以太傅的身份录尚书事，但已基本属于退居二线了。长于治学的牟融由司空转任太尉，而空置的司空之职则由刚刚调任京师的蜀郡太守第五伦接掌。

单从履历来看，第五伦可谓颇具才干。但这位曾经持矛引弓抵挡铜马、赤眉起义军的少年，此刻已经在官场中磨圆了棱角，变得世故钻营。在刘炟召集讨论西域战事的“御前会议”上，在赵熹和牟融都还没有发表意见的情况下，第五伦就公然跳出来反对救援。

尽管史料中并没有记录第五伦如此提议的理由，但几个月后同样来自蜀郡的校书郎杨终，向刘炟上疏称：“近年来，连续对北匈奴用兵，致使百姓连年服役，千里转运，耗费巨大。人民深受其苦，呼天吁地，希望陛下可以体谅省察。”刘炟将这份奏折下放给三公之后，第五伦当即附议。由此可见，第五伦即便没有与杨终暗中串联，至少也应该与他持有相似的观点。

面对第五伦的强烈反对，司徒鲍昱却站出来仗义执言。他说道：“是国家将军人派往到危险的境地，如果遇到危难便将他们抛弃的话，那么只能是纵容和助长了外敌的暴行，伤害国内效死忠臣的感情。如果只是权衡眼前的得失，那么未来边境太平无事也就算了，但是如果北匈奴再度前来进犯，陛下又能指望谁肯站出来领兵打仗呢！”

鲍昱建议敦煌、酒泉两郡的太守各率领两千精锐骑兵，多带旗帜以壮声势，日夜兼程前往西域救援被困的部队。在北匈奴无力阻挡的情况下，应该不过四十天便能够将西域的驻军救回。于是在刘炟的首肯下，一场大规模的火线救援旋即展开。

◆ 孤胆英雄：汉朝收缩，班超建功 ◆

汉章帝刘炟虽然赞同了司徒鲍昱的战略主张，但在具体的兵力部署上，他还是作了一定的调整。首先敦煌、酒泉两郡太守同时领兵出征，势必导致河西空虚，也不利于战场的统一指挥，因此刘炟命酒泉太守段彭领兵出征，耿秉坐镇酒泉，代理太守职务。其次考虑到北匈奴兵力雄厚，刘炟又派出王蒙和皇甫援配合段彭征调张掖、酒泉、敦煌三郡郡兵及鄯善国的军队，最后集结成了一支七千人规模的大军。

由于汉军部队规模的扩大，也让原有的计划在执行的过程中出现了偏差。自恃兵强马壮的酒泉太守段彭，虽然在第一时间解除了北匈奴对柳中城的包围，救出了关宠残部，但接下来他却没有选择向疏勒进军，而是转而大举进攻车师前部的交河城。在连番强攻之下，汉军斩首三千八百余级、俘虏三千余人，但是汉军自身也付出了不小的代价，已经无力继续进攻的段彭部只能就此撤军。

就在这千钧一发之际，一位名叫范羌的汉军士兵恰巧从疏勒城突围而出，他找到了王蒙，苦苦哀求他救援疏勒城。王蒙将情况向段彭进行了汇报，但各军主帅都不愿意以身犯险。在一番扯皮之后，段彭最终决定拼凑一支两千余人的人马，在范羌的带领下，翻越天山，向疏勒进军。

汉军援兵在天山厚达丈余的积雪中艰苦跋涉，最终抵达疏勒城外时已是筋疲力尽，好在此时的北匈奴部队已经放松了对疏勒城的围困。在范羌大声疾呼之下，耿恭部跟随援军，且战且退，于建初元年（公元76年）三月才抵达玉门关，此时从疏勒城逃出的幸存者只剩十三人了。见到这些衣屦穿决、形容枯槁的战士，前来玉门关迎接他们的中郎将郑众颇为感动，上书刘炟称："耿恭部以微弱的兵力固守孤城，抵抗北匈奴数万大军经年累月、耗尽心力，凿山打井、煮食弓弩，先后杀伤的敌人数以千计，可谓忠勇俱全，没有使汉朝蒙羞。应予以封赏，以激励全军将士。"

在整个救援过程中，汉朝迟迟没有派出援军，其中固然有先帝大丧、新君登基等不可抗力因素，但更为关键的是以司空第五伦为首的所谓“鸽派”在朝堂之上竭力主张朝廷应该放弃西域。面对这些人的主张，太尉牟融、司徒鲍昱一度抬出已经过世的汉明帝刘庄，向刘炟表示：“征伐匈奴、屯戍西域，都是先帝的主张。陛下既然以孝子的形象示人，那么就应该延续这一政策。”没有想到此举却引来了“鸽派”更为猛烈的攻势。

校书郎杨终再度向刘炟上疏，公然宣称：“秦始皇修筑长城，工程浩大，徭役繁重，其子胡亥继位之后不思改革，终于失去了天下。在我朝历史上，放弃过难以治理的珠崖郡（今海南东北部），也曾拒绝过西域各国的归附。这些做法都换来了国泰民安。”随后杨终又洋洋洒洒地列举了《春秋》一书中鲁文公拆毁泉台、鲁昭公裁撤三军之类的典故，竭力劝说刘炟放弃对西域的经营。

应该说，对于杨终这样一个校书郎的上疏，刘炟本不用如此在意，但偏偏他所代表的是第五伦等重臣的意见。与此同时，从永平十八年（公元 75 年）的冬天开始，兖州、豫州、徐州等地相继发生了大规模的旱灾，忙于救灾的刘炟也的确无心过问西域事务。因此在柳中和疏勒两城的守军被救出之后，刘炟于建初元年（公元 76 年）正式下诏裁撤西域都护及戊、己校尉的设置，建初二年（公元 77 年）又撤回了伊吾的屯田部队。至此，西域地区再无汉朝成建制的武装力量。

具有讽刺意味的是，汉朝在西域的战略收缩，并未换来边境的安宁。除了北匈奴大举南下，与依附汉朝的南匈奴、乌桓诸部争夺涿邪山牧场之外，曾经被窦固击败的羌人烧当部也于建初二年（公元 77 年）举起了叛旗。刘炟连忙任命自己的舅舅——车骑将军马防以及刚刚升任长水校尉的耿恭率领驻守洛阳的越骑、屯骑等所属中央军以及来自各郡的弓弩射手三万余人前往讨伐。此时第五伦又跳出来阻止，以“贵戚可封侯以富之，不当任以职事”的理由，反对马防出任军事行动的总指挥，但此时的刘炟已经顾不得许多了。

羌人的叛乱一直持续到建初三年（公元 78 年）才最终被马防和耿恭平定。但在这个过程中，耿恭因为冒犯了马防的权威而遭到了弹劾，一夜之间从英雄变成了罪犯。耿恭被召回洛阳之后，便被罢黜了官职，遣送回乡，最终老死在病榻之上。

就在汉朝忙于镇压羌人叛乱之际，班超却在西域组织了一支由疏勒、康居、于阗、拘弥等国组成的联军，浩浩荡荡地杀奔附属于龟兹的姑墨国。班超凭借着优势的兵力，轻松地歼灭了城内的七百守军，成功地将姑墨国拉回了汉朝的同盟阵营。

经过班超的一番努力，西域的形势逐渐稳定了下来。从班超驻守的疏勒国首都盘橐城经于阗、鄯善等国到玉门关之间，开辟了一条可以运输小规模物资和传递情报的战略走廊。班超有关西域的奏报于建初五年（公元 80 年）送达了洛阳。

班超在奏折中写道："我个人认为先帝之所以要与西域诸国建立联系，是为了彻底解除北方的边患。而西域诸国也心向大汉，所以我出使以来，鄯善和于阗两国都当即改变了外交立场。现在经过不断地努力，拘弥、莎车、疏勒、月氏、乌孙、康居等国都愿意归附我朝。诸国计划齐心协力打败依靠北匈奴在西域称霸的龟兹，以彻底铲除连通中原道路上的最后一个障碍。如果龟兹被攻克了，那么不服从我朝的西域国家便百中无一了。此前所规划的联络西域三十六国，以断北匈奴右臂的计划也将最终实现。"

为了坚定刘炟支持他对龟兹用兵的信心，班超继续写道："如今西域各国，自太阳落山处以东，无不向往汉朝的繁华，大小城邦踊跃不断地遣使进贡，也就只剩下焉耆和龟兹两国拒不服从。之前我率领部下三十余人出使西域，备尝艰难困苦，自从孤守疏勒到如今已有五年。我对当地的情况，可谓颇为了解，无论我走到哪里，询问他们对汉朝的态度，得到的回答都是依赖大汉便犹如上天。所以我认为'葱岭可通，龟兹可伐'。"

随后班超更具体地阐述了自己的作战设想："现在

我朝可以先册立此前滞留在洛阳为人质的龟兹王子白霸为新君，只需出动步骑兵数百人护送他回西域，我就能够以他的名义组织西域各国的联军，在一年之内夺取龟兹。在这个过程中，护送的汉军完全可以驻守在土地肥沃、牧草茂盛的莎车、疏勒境内，完全不用像此前的西域都护及戊、己校尉那样屯兵于敦煌、鄯善一线，可以依靠中原千里调运的物资作为供应。一旦龟兹被攻破，周边姑墨、温宿等附庸国也会迫于形势而倒向我朝。这样一来，西域局势便可以迅速稳定下来。”

在自己这份奏折的末尾，班超情真意切地写道：“希望陛下能将臣的这个奏章，作为一个参考，如果其中真的有那么一星半点可以得到实施的话，我就死而无憾了。只盼着我可以再坚持几年，活着看到西域归附我朝的那一天。届时陛下也能够举酒于太庙，告慰历朝先帝，昭告全国，让人民普天同庆。”

班超的这份奏折或许真的打动了刘炟，他随即召集重臣就此事展开商议。可能是对于西域的情况并不了解，也可能是第五伦等“鸽派”人士又以所谓连通西域耗费巨大为由公开反对。总之，最终刘炟并未如班超计划的那样，册立白霸为龟兹新君，而是找来了上书朝廷自愿赶赴西域支援班超的徐干。刘炟任命徐干为“假司马”，由他带领一千余名士兵赶赴西域，权当是班超的援兵。

由于徐干在正史中没有留下太多的记录，因此后世学者根据他和班超一样来自扶风郡，认为他们可能此前便已相识，甚至志同道合。但客观地说，如果徐干此前便已班超相识，那么在汉明帝刘庄执政时期就可以与班超一同出征西域，完全不用等到五年之后再上书朝廷。在此我们更愿意相信徐干与班超素昧平生，只是因为听说了班超在西域的事迹，才义无反顾地挺身而出。而徐干的到来，不仅为班超化解了一场空前的危机，更徐徐吹响了汉朝重返西域的号角。

第五章

威远：文武兼用，交往诸国

◆ 目光向西：暂缓进攻，争取乌孙 ◆

借助班超此前所建立的西域战略走廊，徐干部迅速地抵达了疏勒国，但此时西域的整体形势已经发生了剧烈的变化。曾经站在班超这一边的莎车公然倒向了龟兹，疏勒国内掌握兵权的番辰也发动了叛乱，班超所面对的局面陡然变得危急起来。

史书对这一时期西域的政治风云着墨不多。《后汉书·班超传》和《资治通鉴》中都只是简单地写道："莎车以为汉兵不出，遂降于龟兹。"但是作为一个曾与龟兹有着复杂历史纠葛的西域大国，莎车真的只是因为自己主观认知而改变了外交立场吗？答案显然是否定的。事实上莎车和疏勒的异动，很大程度上是与西域诸国的力量发生改变有着直接的联系。

在建初三年（公元 78 年）班超组织西域诸国联军围攻龟兹附庸姑墨国的军事行动中，除了原有的疏勒、于阗之外，康居、拘弥两国也倒向了汉朝，一同与自诩为地区霸主的龟兹正面对抗。此举固然增强了汉朝在西域的影响力，却也让莎车颇为不满。毕竟在莎车国王贤执政时期，拘弥曾一度为莎车的附庸，康居更曾与莎车所控制的大宛发生过多次战争。虽然莎车与龟兹之间也曾有过嫌隙，但此时出于自身利益的考量，莎车最终还是选择与龟兹秘密结盟，一同对付班超。

莎车之所以敢于公然倒戈，在一定程度上是预判到汉朝不会向西域增兵。而这样的悲观情绪自然也蔓延到了疏勒国，疏勒都尉番辰认为自己的国家处于莎车和龟兹的夹击之下，而汉朝的盟友——于阗、鄯善又相距甚远。番辰本就对班超迫于王命不得不离去的事件而心怀怨恨，就在这节骨眼上，番辰发动了叛乱。

此时的班超身边只剩下侥幸生还的少数士兵，番辰正是抓住了他人手短缺的弱点，在盘橐城内突然发难，一度将班超逼入了绝境。就在这万分危急的关头，徐干带着援军万里迢迢地赶到了疏勒国，协助班超里应外合平定了叛乱，最终稳定了疏勒国的政局。

莎车的倒戈和番辰的叛乱，让班超不得不重新审视自己前一阶段在西域所展开的行动。在梳理了疏勒、莎车、龟兹、于阗诸国之间错综复杂的历史渊源和利益纠葛之后，班超决定暂缓对龟兹的进攻，而将自己的工作重心调整到向西拓展外交伙伴，争取更多西域国家对汉朝的支持上来。班超首先选择的突破口，便是历史上曾与汉朝休戚与共的乌孙国。

根据《汉书·张骞传》的相关记载，乌孙本在河西走廊的祁连山南麓游牧，与月氏比邻而居。但后来乌孙与月氏逐渐走向对立，并最终演变成了全面战争。乌孙王难兜靡战死沙场，尚在襁褓之中的王子猎骄靡被乌孙贵族带往漠北，由匈奴冒顿单于收养，在匈奴长大成人。而后在匈奴大举西进的过程中，猎骄靡及残存的乌孙贵族也负弩前驱，一路跟随着匈奴大军追击月氏部族抵达了巴尔喀什湖东南部（今哈萨克斯坦境内），并逐步将整个伊犁河流域变成了自己的牧场。

鉴于匈奴曾协助乌孙复国，因此在猎骄靡执政时期，乌孙长期保持着与匈奴的亲密关系，但随着猎骄靡日益衰老及太子蚤的早逝所引发的一场空前的内部纷争，却改变了乌孙的对外政策。按照猎骄靡的本意，他有意册立太子蚤的儿子军须靡为太孙，但此举却遭到了太子蚤弟弟大禄的强烈抵制。无奈之下，猎骄靡只能分给军须靡万余骑兵，让他自立门户。而猎骄靡则担心大禄会弑君篡位，所以自己不得不长期率领着部众四处游牧。

在这个过程中，猎骄靡显然也想向匈奴求援，但从来只推崇力量、尊崇强者的匈奴根本不会听从猎骄靡这个垂暮老者的哀求。匈奴一旦介入乌孙国继承人的裁定，那么年富力强的大禄肯定胜券在握，而猎骄靡和他的孙子军须靡势必会在内外势力的联合绞杀下，死无葬身之地。就在猎骄靡走投无路之际，汉朝使节张骞抵达了乌孙国。

虽然对于张骞提出的脱离匈奴，迁回河西走廊的建议，猎骄靡以“年老国分，不能专制”的理由婉拒了。但后来他派出了数十名乌孙贵族跟随张骞前往长安，请求汉朝赐婚。

汉朝将江都王刘建的女儿刘细君嫁给猎骄靡，此时的乌孙终究算是依托汉朝的支持，摆脱了匈奴的控制。此后不久，猎骄靡病逝，刘细君依照乌孙国的传统，改嫁新君军须靡。不久刘细君病故，汉武帝刘彻又将楚王刘戊的孙女刘解忧嫁给军须靡，进一步巩固了汉朝与乌孙的同盟关系。

由于得到了汉朝的支持，在军须靡执政时期，乌孙并未因宗室纷争而陷于分裂和内战，但是大禄及其党羽却依旧在乌孙国内享有超然的政治地位。为了弥合家族矛盾，军须靡创立了交替执政的继承人模式。即自己死后，将王位传给大禄的儿子翁归靡；而翁归靡死后，再将王位传给军须靡的儿子泥靡。

应该说，军须靡的这一制度设计在此后数十年中，保证了乌孙国的统一和王位继承。但是泥靡生性暴戾，最终在一系列倒行逆施中，被翁归靡的儿子乌就屠所杀，乌孙国随即滑向了分裂和内战的边缘。关键时刻，汉朝出面主持了公道。

汉宣帝刘询迅速派遣破羌将军辛武贤率领汉军驻扎在乌孙国的边境，做好了应对局势恶化的准备。与此同时，时任西域都护的郑吉积极展开外交活动，最终通过刘解忧的侍女冯嫽与乌就屠展开了直接的政治对话。

据说冯嫽生性聪慧，知书达礼，善写隶书。与刘解忧相互慰勉，立志安居乌孙，不辱使命。冯嫽还经常驰骋草原，出入乌孙百姓的毡帐，只用了几年时间，她便已通晓西域的语言文字及风俗习惯。冯嫽见到乌就屠之后，随即对其晓之以理，规劝他说："汉朝与乌孙亲如一家，若两国开战，百姓遭殃，将军也必将身败名裂，还请三思而后行。"乌就屠也知道自己绝不是汉朝的对手，便让步说："愿听夫人劝告，让出王位，但求汉朝给个封号。"

远在长安的汉宣帝刘询得知喜讯，自然十分高兴，更加对这位只闻其名未见其人的奇女子颇好奇，便下令召她回国，命文武百官在城郊迎接。京畿百姓闻讯，更是闻风而至，争睹冯嫽的风采，一时竟呈现人山人海、道路堵塞的盛况。当天，刘询在宫中召见冯嫽，亲自询问事情的相关经过，她建议刘询给予乌就屠相关封号以安其心。刘询盛赞冯嫽具有远见卓识，欣然采纳，并封她为正使，竺次、甘延寿为副使，再度出使乌孙。干露元年（公元前53年），刘询正式册封翁归靡的儿子元贵靡为乌孙国的“大昆弥”(正王)，乌就屠为“小昆弥”(副王)。

虽然在此后的岁月里，乌孙国内又多次发生因为大、小昆弥争权而引发的动荡，但至少乌孙国还维持着名义上的统一和强盛。根据《汉书·西域传》的记载，乌孙国都赤谷城有十二万户，六十三万人，可动员的武装力量多达十八万人，可以说是西域首屈一指的强国。因此班超在写给刘炟的奏折中，特意强调称：“乌孙大国，控弦十万”，希望可以“遣使招慰，与共合力”。

关于班超这份奏折所取得的效果，相关史料中仅记录了刘炟接受了建议。可以想见在当时职务仅为军司马的班超，其建议可以获得皇帝的首肯，本身便表明了西域战略地位的重要。

从西域后续局势发展来看，随着乌孙这样的西域强国倒向汉朝，胜利的天平自然朝着向汉朝有利的方向倾斜。

◆ 遭遇暗箭：李邑中伤，班超坦荡 ◆

建初八年（公元83年），汉朝与乌孙之间的外交关系逐渐走向了稳定。鉴于班超在西域多年独力支撑的功劳，汉章帝刘炟特意委派卫侯李邑在护送乌孙国使团归国的途中，前往疏勒国宣读升任班超为“将兵长史”、徐干为“军司马”的圣旨，并同时赐予仪仗乐队和旗帜。

必须指出的是，将兵长史并非什么了不起的官职。因为按照汉朝的官阶制度，郡太守之下设有郡丞，负责协助太守处理日常的行政性事务。而边境的州郡，因为时常面临外敌入侵，因此一般会增设一名长史，执掌兵马，应对战事。光武帝刘秀执政时期，为了精简机构，于建武十四年（公元38年）撤销了边境州郡的郡丞职务，由长史统一负责日常行政和军事工作。但很快文武不分的弊病便显现出来，因此在部分局势比较紧张的边境州郡会临时再增设一名长史负责军事工作，为了与普通的长史相区别，而称之为“将兵长史”。

事实上，班超当时所负责的区域及指挥的军事行动均远超过了一郡之地的范围，仅给予一个将兵长史的官职，并不是特别的合理。但考虑班超所处的地方并非中原故土，直接给予太守或以上的官职显然也不合适。班超麾下的军队虽多达万人，但直接隶属于汉朝武装力量序列的却不过千人，因此也很难授予校尉或将军的军衔。更关键的是，此前在第五伦等官员的鼓噪之下，汉章帝刘炟已经裁撤了西域都护及戊、己校尉的设置，此时如再行恢复，无异于自打耳光，所以他也只能给予班超一个将兵长史的官职。

但就是这样一个并不足以慰藉班超此前努力的任命，卫侯李邑也没能顺利地完成。李邑刚抵达于阗，便听闻龟兹大军正在围攻疏勒的消息，贪生怕死的他不敢继续前行，却又担心被刘炟问罪，于是便写了一份奏折递交了上去。在奏折中，李邑公然宣称西域的形势非常恶劣，班超此前的上疏都是“报喜不报忧”。如果照此下去，西域只会成为拖垮汉朝的一个负担云云。

为了给自己的这些理由提供充分的依据，李邑还对班超个人的品行进行了无耻的中伤。宣称班超之所以抛家舍业、去国万里，完全是因为在西域已经组建了新的家庭。班超在盘橐城怀抱娇女爱子，小日子过得极为舒适，哪里是真的忧国忧民，完全是假公济私，只想维系在西域的生活而已。

根据现有的史料，我们无法了解李邑此人是何出身，又缘何得以封侯。但仅从他打的这份小报告，我们便不难看出这位“仁兄”在暗箭伤人、落井下石方面不仅是行家里手，而且颇有造诣。

首先，班超驻守的疏勒国都盘橐城地处连通于阗和乌孙的交通要道上。龟兹大军围攻盘橐城，李邑身为汉朝特使，肩负着护送乌孙国使团以及押送赏赐礼物的任务，因不便穿越战区而选择暂时停留在相对安全的于阗国境内，本是无可厚非的决定。但他却偏偏要在刘炟面前表现自己，在对西域形势完全不了解的情况下，发表了一番“高瞻远瞩”的言论。

其次，我们虽然不知道李邑此前与班超是否见过，彼此之间是否有过节，但从他攻击班超的方向来看，此人内心是何等的阴暗险恶。他并没有说班超贪赃不法，也没有指控其拥兵自重，仅仅是抓住了班超在西域娶妻生子，便影射出心怀私念、不忠不义的结论。隐然之间，已经宣布了在他这样的上位者眼中，下属连追求个人最基本的生活权利都已成了一种无法原谅的罪过了。

在相关史料中，只是说班超得知了李邑上奏的详情之后，黯然长叹说：“我虽不是曾参那样的先贤，却没想到也会遇到这样的事情，恐怕免不了要被朝廷猜疑了！”于是决绝地将妻子赶回了娘家。这时候，刘炟却出面为班超鸣不平，公然训斥李邑说：“就算班超已经在西域组建了自己的家庭，但与他一起驻守西域的汉军还有千余人，难道他们就不思念家乡吗？那为什么还能与班超同心同德呢？”

表面上看，整个事件似乎就是一场中国历史上常见的奸臣搬弄是非、明君拨乱反正的传统戏码。但仔细分析，却不难发现这背后其实另有玄机。李邑既然是在滞留于阗的过程中，向刘炟上疏中伤班超的，那身处盘橐城的班超又是缘何知道此事的呢？如果仅是通过自己在于阗国中的政治盟友，显然是不可能接触得到汉朝特使李邑交给刘炟的奏折，那么唯一的合理解释便是哥哥班固或者是老上司窦固的通风报信。而他们之所以如此焦急地提醒班超，显然是因为刘炟并未对李邑的小报告一笑置之。

班超在感叹此事之时，引用了“三至之谗”的典故。说的是孔子弟子曾参在费国居住期间，当地有个与之同名同姓的杀人犯，于是便不断有好事者跑去告诉曾参的母亲。第一次听到这个消息，正在织布的曾参母亲还能镇定自若地表示我儿子不可能杀人。第二个人来时，曾参母亲就不再反驳了。等到第三个人重复了这个消息时，曾参母亲便丢下了织布的工具，翻墙逃走了。班超此时提起此事，显然除了想要说明谣言和诽谤的力量之外，更是为了表达李邑并不是第一个在背后诋毁他的人。

直到班超毅然地赶走了自己的妻子，刘炟才出面干预了此事。但值得思考的是，刘炟并未肯定班超在西域娶妻生子的正当性，反而是拿与班超同艰苦、共命运的士兵说事，让人细品之下，竟然有一种是在揶揄班超“你这样的行为，如何能让手下与你同心同德”

的感觉。那么缘何班超的家务事会成为李邑眼中无法宽恕的罪行，甚至影响到刘炟对他的信任呢？要解开这些疑惑，或许我们要把注意力聚中在那位被班超赶出家门的女子身上。

关于班超个人的家庭情况，相关史料记载较少，甚至还有明显错漏的地方。《后汉书·班超传》记载班超有三个儿子，却只记述了班雄和班勇的情况。对于班超幼子只字未提。

依照汉代早婚的习俗，我们很难想象四十岁动身前往西域的班超当时尚未婚配。那么我们便有理由相信，班超的小儿子很有可能是在西域与那位被他赶出家门的妻子所生的。

如果班超在西域的妻子便是他的发妻，那么他将家小带在身边，完全是一心为国、扎根边疆的表现，李邑完全没有理由对其进行指摘。但反过来说，李邑既然能将此事拿出来大做文章，也就从一个侧面说明了班超的这位妻子很可能是在西域迎娶的新妇。

班超于何时迎娶了这位异域女子，我们不得而知。考虑班超虽在西域多年，但除了在鄯善、于阗短暂逗留之外，其他大部分时间都驻留在疏勒国，那么班超的第二段婚姻便很有可能是在盘橐城内结下的。此时的班超对于疏勒国而言，不仅是汉朝的特使，更是帮助疏勒摆脱龟兹压迫的恩人，阖城的贵族和百姓之中，恐怕愿意以身相许的女子大有人在。在这样的情况下，孤身在外的班超基于政治和爱情的双重选择，接受了一个女孩的爱意，与之结成伉俪。但当时的他显然没有想到这段看似美满的婚姻，日后竟成了自己的政治包袱。

班超孤立于西域，他迎娶一位疏勒女子根本就不会被汉朝的高层所重视，最多被作为花边新闻被偶尔提及。但随着刘炟日益关注西域的局势，班超的异域妻子便自然会成为官僚群体的攻击目标。而此时的班超不仅远离朝堂，无从为自己申辩，更因不为士大夫所齿的“华夷通婚”而处于道义上的不利地位。

对于自己所处的尴尬境地，班超不可能不知道。但看着自己温柔的妻子和年幼的孩子，他又怎么忍心为了自己的形象和名誉而将他们抛弃呢？直到李邑在写给刘炟的奏折中再度提及此事，班超才真正意识到了问题的严重性。这不仅是因为李邑身为侯爵，位高权重，容易获得刘炟的信任，更因为此时的龟兹正在全力猛攻盘橐城，以期切断汉朝与乌孙之间好不容易建立起的联系。班超很清楚，如果此时刘炟因为此事而对自己产生了嫌隙，那么不仅自己此前的所有努力都将前功尽弃，盘橐城中的汉军士兵和疏勒百姓更可能因此而遭遇灭顶之灾。

权衡再三之后，班超不得不做出一个令自己痛苦万分的选择，那就是将自己的疏勒妻子送回娘家。班超的这一决定显然很快便被远在洛阳的刘炟所知晓，和大多数专制的君王一样，利用手中的权力迫使他人摧毁自己美满家庭的行为，不仅可以检验当事人的忠诚，更会让当权者沉浸于至高无上的优越感中。

刘炟虽然没有公开表彰班超的行为，但却要求李邑服从班超的调度。所有知道内情的人都在期待着班超对李邑展开报复，但他却安排李邑护送乌孙王子前往洛阳。

徐干对于此事颇不理解，甚至公开质问班超称："李邑之前如此诽谤你，更差点让我们平定西域的事业归于失败。你为什么不遵循陛下的旨意把他留下来？你还可以好好整治他。另外派人护送王子去洛阳不行吗？"面对徐干的义愤填膺，班超却显得很淡然。他回答说："你的见识太过浅陋了。正是因为李邑曾经诽谤过我，所以我才更要派遣他回国。我精忠报国、问心无愧，又何必在意别人曾经讲过什么呢？为了泄私愤而把他留下来，这算什么忠臣？"

或许班超说的是至诚之言，但从官场的规则来看，只是身为将兵长史的班超显然是无法指挥卫侯李邑的。如果硬要将李邑留在西域，最终的结果只能是尾大不掉，甚至会因为内讧而削弱汉朝在西域本就微弱的兵力。与之相比，还不如将他早早地送回洛阳的好。

班超的不计前嫌，让始终密切关注此事的刘炟更坚定了对班超的信任。不久，刘炟便委派假司马和恭率领一支八百人的军队，前往支援班超。虽然兵力有限，但这支援兵却是班超出使西域以来所指挥的第一支成建制的正规军。考虑此时汉朝与乌孙的外交关系已经稳固，班超随即开始计划对莎车展开全面进攻，但一场突如其来的叛乱却打乱了班超的全盘部署。

恩怨情仇：拉锯乌即，平叛疏勒

或许是鉴于此前调集康居、拘弥两国军队导致莎车国的倒戈，元和元年（公元84年）对莎车国的进攻，班超仅计划动员疏勒和于阗这两个铁杆盟友的军队。但就在大军出征的前夜，疏勒国王忠却突然率领着部分忠于自己的人马离开了盘橐城，逃往了地处疏勒国西部边境的乌即城，公开与汉朝为敌。

相关史料中对此事的描述都很简单。《后汉书·班超传》称“莎车阴通使疏勒王忠，啖以重利”，《资治通鉴》则说“莎车以赂诱疏勒王忠”，仿佛忠是因为拿了莎车国的好处，才选择与汉朝为敌的。那么身为堂堂一国之主的忠，真的是贪财好物之徒吗？

作为班超在西域所拥立的第一个君主，忠与班超自相识以来，便休戚与共。永平十八年（公元75年），为抵御龟兹的进攻，两人共同死守盘橐城长达一年之久。此后汉章帝刘炟下诏命班超回国，忠虽然悲愤交加，却也没有作出将班超一行人悉数劫持交给龟兹以保全自己性命的举动。因此班超从于阗折回，重新从龟兹手中收复疏勒也没有责怪忠的无奈出降。

在此后班超的历次外交和军事行动中，我们再也没有看到疏勒国王忠的身影，但可以想见的是，如果没有忠的全力支持，远离中原的班超不要说扩大汉朝的影响力，便是要在西域生存下去，恐怕都并非易事。即便在莎车倒戈、番辰叛乱之时，忠对班超似乎也没有任何的不满情绪。

那么究竟是什么原因促使久经战火考验的忠，在汉朝日益重视西域，局面不断好转的情况下，突然站到了班超的对立面呢？我们只能从有限的史料中来寻找蛛丝马迹。我们大体可以确定忠如果真的是那种财帛所能打动的人，那么他大可不必等到这个时候才发动叛乱。既然改变他立场的不是龟兹的刀锋，也不是莎车的贿赂，那么便只能在疏勒国内部甚至班超身上寻找答案了。

元和元年（公元 84 年）之前，所能知晓的疏勒国内最大的事件恐怕只有班超迫于政治压力，抛弃了自己的疏勒妻子。此事对于身为疏勒国王的忠而言，并非只是班超的家务事那么简单。毕竟班超迎娶这位疏勒女子时，虽然未必是公开的政治联姻，却终究建立起了一条连接疏勒的精神纽带。而随着这段婚姻的终结，班超与疏勒之间的情感联系也在无形之中被斩断了。

身为一位西域小国的君主，忠显然对周遭环境的风吹草动格外的敏感。班超对自己妻子的决绝，令忠倍感恐惧。忠再也无法将眼前这个男人与那个曾经与自己并肩作战的班超联系在一起。当负面情感不断聚集之际，莎车国的使者突然出现，让忠最终作出了那个逆转自己命运的选择。

应该说，作为疏勒国的国王，忠要背叛班超可以有很多比出走更为激进的方法。但可能是顾忌此前番辰在盘橐城中发动叛乱而导致生灵涂炭的前车之鉴，也可能是对班超还有些许感激之情。总之，最终忠并没有与班超为敌，而是离开了自己世代居住的盘橐城，踏上了西行的不归路。

对于忠的不辞而别，班超感到非常震惊和意外。但是作为汉朝在西域的特使，他没有时间去懊恼和追问，首先必须要做的是迅速稳定盘橐城的民心，以防止叛乱和外逃进一步蔓延下去。在忠已经叛逃的情况下，班超只能改立疏勒国的府丞为新王。

在初步稳定了疏勒国内的局势之后，班超不得不做出一个艰难的决定：对乌即城展开进攻。可以想见与昔日同甘共苦的战友兵戎相见，班超所要承受的那份痛苦，即便站在局外人的角度，我们也会发现他并没有回旋的余地。虽然此时班固手中有千余兵马，但在西域却依旧处于孤立无援的境地。而忠的叛逃幕后操纵者是长期与汉朝为敌的莎车和龟兹，一旦他们联起手来，那么整个局势将更加对班超不利，为了避免陷入被围攻的境地，他只能先发制人。

班超可能是在全力猛攻乌即城的同时，做出了由于阗出兵牵制莎车和龟兹的相关部署，也可能是莎车和龟兹两国从一开始便抱着作壁上观的姿态。总之，在班超进攻乌即城的过程中，莎车和龟兹两国的军队始终没有出现。但是康居此刻却突然介入了进来。

康居在中国的史料典籍中可谓常客，由汉至唐，在历代中原王朝与西域的交往中几乎都会看见它的身影。康居在不同时期由于自身经济发展、国内政治局势，对来自东方的文化常常有截然不同的态度。

张骞出使西域时期，康居还处于游牧部落状态，因此《史记》中称其为“行国”，并标注领地的范围为“大宛西北二千里”的锡尔河中下游一带。此时的康居与汉朝还未有相互理解的经济和文化基础，也没有共同的战略利益，因此虽有使团往来，但并没有太多的互动。甚至在太初二年（公元前 103 年）汉贰师将军李广利征伐大宛之际，康居曾试图站在大宛一方与汉朝对抗。虽然最终康居因忌惮汉朝的武力并未出兵，但显然对汉朝的态度并不友好。

神爵四年（公元前58年）匈奴发生内战，康居收容了郅支单于呼屠吾斯，并放纵他袭扰亲汉的乌孙、大宛等国。从长远看，康居这种养虎为患的举动，最终势必会反噬自身。只是尚未等到呼屠吾斯羽翼丰满，西域都护甘延寿麾下的副校尉陈汤便调集了西域诸国兵马及汉屯田吏卒，兵分两路越过葱岭，一举攻克了郅支城（今哈萨克斯坦江布尔州境内）。

在陈汤歼灭呼屠吾斯部的过程中，康居虽然出动了万余骑兵前来救援，但最终还是因为畏惧汉朝与西域诸国联军的气势而不敢正面交战。此战之后，康居一方面震慑于汉朝的强大，另一方面又要对抗崛起的月氏，因此不敢再大肆袭扰邻国。此后有关康居的记载便慢慢消失在了漫漫的历史长河中。

直到班固的《汉书》，康居又再度出现。从《汉书·西域传》的记载来看，此时的康居已经逐步摆脱了昔日居无定所的状态，进入了半农耕、半游牧的社会。逐渐形成了乐越匿地和卑阗城两大政治中心，并拥有十二万户，六十万人口以及十二万人的武装力量。

国力的增强，让康居国逐渐暴露出了对西域的野心。莎车国在贤执政时期，康居便曾多次出兵大宛。班超在建初三年（公元78年）组建的诸国联军中，康居亦派兵翻越葱岭，加入了对龟兹属国姑墨的围攻。但是康居的此次出兵，显然并没有给班超留下太好的印象，所以在建初九年（公元 84 年）对莎车的军事行动中，班超未再邀请康居参与。

班超试图将康居挡在葱岭以西的计划，显然并不成功。疏勒国王忠逃往乌即城后，康居随即派出精兵入城协防，导致班超部虽然迅速完成了合围，但始终无力将乌即这样一座孤城攻破。无奈之下，班超只能从外交层面寻找突破口。班超派出使节前往刚刚与康居结为姻亲的月氏，通过月氏对康居进行游说，晓之以利害，最终迫使康居从乌即城撤军。

但康居撤军的同时，也一并将疏勒国王忠带走了。在相关史料中，关于忠的记载都用了一个“执”字。从字面上来理解，可以认为忠是被绑架了，但从后续的发展来看，忠却似乎是自愿跟随康居西去的。因为数年之后的元初三年（公元 87 年），忠带领着军队出现在了疏勒国西境的损中地区，并再次与班超遭遇。

此后的事情发展，按照《后汉书 · 班超传》的说法，忠与龟兹方面密谋，试图通过诈降的方式回到盘橐城。而看破了阴谋的班超则选择将计就计，假意接纳忠的投降，等忠抵达盘橐城后，班超便设宴款待。就在酒过三巡、菜过五味之际，冲出的刀斧手当场便结果了忠的性命，随后班超又迅速率兵歼灭了忠的部众七百余人。

随着忠的人头落地，疏勒国延续数年的动荡最终算是画上了一个句号。《后汉书·班超传》对此事给予了高度的评价，称“（西域）南道遂通”。后世多认为这句话说的是，西域南道诸国已经悉数归属了汉朝。但实际上，此时在西域南道诸国中，至少还有莎车与汉朝为敌。因此，班超也在厉兵秣马，准备拔除西域南道的“钉子户”——莎车国。

第六章

擢升：班超连胜，班固升官

◆ 兵不厌诈：以少胜多，连败两国 ◆

章和元年（公元87年），经过多年的准备，班超终于重启了此前因为疏勒国王忠的叛逃而被迫中止的军事计划——进攻莎车。尽管《后汉书·班超传》只是简单称班超征发了于阗等国的军队，但从两万五千人的部队规模来看，班超还很可能从葱岭以西的乌孙、康居和月氏等国招募了雇佣军。

但就在班超挥师南下，向莎车国进军之际，龟兹也迅速完成了战前动员，加上从温宿、姑墨、尉头等附属国裹挟来的壮丁，拼凑了一支五万人规模的军队，准备从背后攻击班超。莎车亦倾巢而出，准备配合龟兹前后夹击，试图一举歼灭班超部。

面对腹背受敌的不利局面，班超只能召集麾下将校，并与于阗国王尉迟广德商议说："我们的兵力实在太少了，无法战胜强大的敌人，只能先行撤退。考虑龟兹可能会随时发动进攻，便请于阗国的军队向东回国，守卫本土。身为将兵长史的我，则率部西行，返回疏勒。为了麻痹敌人，今天晚上我们便以鼓声为号，分头突围吧！”

对于班超的意见，尉迟广德表示赞同，当即便回营进行部署。但就在一片慌乱中，班超军营中不少莎车和龟兹的战俘却乘机逃走了，并将相关情报带了出来。龟兹国王听说班超有意分头突围，大喜过望，连忙亲自率领一万骑兵赶往西线准备伏击班超部。同时命温宿国王率领八千骑兵，前往东线拦截于阗军队。

当天晚上，汉营鼓声大作，但龟兹国王苦等了一夜，也没见班超钻进自己的口袋。就在他丈二和尚摸不着头脑之际，却传来了莎车军营遭到班超部夜袭，士兵悉数溃散，走投无路的莎车国王已被迫向班超投降的噩耗。

原来从一开始所谓的“分头突围”便是班超故意放出的假消息，那些逃出的战俘也是班超有意为之。就在龟兹和莎车均以为班超将与尉迟广德率部分头突围之际，班超却早已做好了全线进攻的准备。随着鼓声响起，班超部随即对莎车军营展开了夜袭。莎车兵力本就不足以单独对抗班超大军，因此当汉军攻入军营时，莎车军队随即乱作一团，五千余人被杀，无力回天的莎车国王只能屈膝请降。

莎车的投降，让本就不敢与班超正面交锋的龟兹国王不得不面对一个尴尬的现实。尽管他的兵力两倍于班超，但战斗力却显然不足以相提并论。更何况，班超部刚刚击破了莎车，士气正旺，而龟兹却无心恋战。在此消彼长之间，龟兹国王只能自咽苦果，草草撤军。

在班超迫降莎车后不久，月氏使团抵达了班超的军营。作为西域大国，月氏可谓是汉朝的老朋友。早在汉武帝刘彻执政时期，便曾派遣张骞前往西域试图联络月氏夹击匈奴。尽管月氏与匈奴是世仇，但那时却已适应了阿姆河流域的生活，无心东归。

月氏虽然没有加入打击匈奴的汉朝同盟，但仍然保持着与汉朝的密切关系。在与汉朝交往的过程中，月氏的生活方式也逐渐发生了变化。在《汉书·西域传》中，月氏已经改变了过去的游牧方式，在以首都监氏城为中心的区域内，分布着十万户共四十万人口，可动用的兵力人数超过十万。

应该说，班超久居西域，与月氏早有交集。比如此前处理疏勒国王忠叛逃的事件中，班超便通过与康居有姻亲关系的月氏，说服康居从乌即城撤军。而此次月氏又以汉军击败龟兹、降服莎车为由，派出使团前来祝贺。

月氏送上厚礼无非是希望汉朝公主能嫁入月氏，促成两国结成秦晋之好。汉朝曾有将公主远嫁西域的先例，如此前乌孙国迎娶的刘细君和刘解忧两位公主。以月氏在西域的影响力，请求汉朝赐婚似乎也不是太过分的要求，但是班超却严词拒绝了，以至于双方闹得不欢而散，最后导致月氏恼羞成怒，竟挥师越过葱岭，兴师问罪。

永元二年（公元90年），月氏以副王谢为主帅，动员七万大军攻击盘橐城。班超面对月氏大军压境，满怀信心地对士兵说：“月氏兵虽然多，但他们数千里之外远道而来，中途还要翻越葱岭天险，后勤补给的压力可想而知。这样的敌人，我们有什么可忧虑的。我们只要将粮食收割干净，据城固守便能让月氏被饥饿困顿所击败。这场战争不出十天，便可以见分晓了！”

月氏大军抵达后，面对汉军据守的盘橐城，久攻不下、损兵折将，只能放弃正面强攻，改为长期围困。但这样的消耗战，显然对远道而来、兵多粮少的月氏大军极为不利。

谢既然身为月氏副王，自然也不是等闲之辈。他知道班超在西域树敌众多，自己大可以向龟兹求援。所以他派出一支武装使团带上金银珠玉，前去龟兹换取粮秣。但他的行动早已在班超的算计之中，班超已派出了数百精兵埋伏在盘橐城通往龟兹的要道之上。月氏使团出发后不久便遭到了伏击，被悉数斩杀，班超命人将使团头领的首级送交给谢。

见到自己心腹的首级，谢暴跳如雷，首先想到的自然是挥师复仇。但他很快便冷静了下来，毕竟使团已经全军覆没，纵使真能攻破盘橐城，也不能让他们复活。更何况眼下大军不仅无力攻城，还面临着断粮的风险，便是想要撤退，大军恐怕也难免会在班超部追击之下损失惨重。因此谢很快便按下了心头的怒火，随即派人言辞恳切地希望班超能够放月氏大军回国。

其实班超对于月氏大军也不免投鼠忌器，毕竟七万大军并非泥雕木刻。陷入绝境之后，月氏很可能铤而走险，不计伤亡地对盘橐城进行强攻。更危险的是，月氏大军如果选择留下部分军队围困盘橐城，分兵劫掠莎车、于阗等国，到时整个西域都将陷入一片混战。因此班超也就选择借坡下驴，承诺在月氏大军撤退的过程中不予追击。

谢率领月氏大军安然撤回国之后，并没有选择再度出兵。毕竟两国路途遥远，再次出兵也不过是重蹈覆辙。在无法消灭对方的情况下，月氏只能选择向班超妥协，与汉朝改善关系。在此后相当长的一段时间里，月氏每年都会向汉朝进贡朝拜。

尽管从结果来看，班超拒绝月氏的求婚，并未对汉朝有太多实质性的损害，但班超为什么会采取如此决绝的态度？对于这个问题，或许有必要联系洛阳政治局势的变幻、汉匈之间攻守形势的全面转化以及班氏家族逐渐走向辉煌的整体背景。

◆ 世代恩仇：外戚争斗，伤及良才 ◆

早在班超迫降莎车的第二年，即章和二年（公元88年），汉章帝刘炟突然毫无预兆的驾崩于洛阳章德前殿，享年仅三十一岁。虽然刘炟已于建初七年（公元82年）立四子刘肇为太子，但此时他尚未满十岁，大权随即便落入章德皇后窦氏的手中。

窦氏是窦融的曾孙女，在汉明帝刘庄时期，窦氏一族曾遭到了空前的打压。当时窦融长子窦穆与一些市井无赖、轻薄子弟混迹在一起，经常请托郡县官员干扰政事。因其封地在安丰，又想让姻亲们占据原来的六安国，便假托太后阴丽华的诏书，令六安侯刘盱休妻，迎娶窦家的女眷。事情很快便因告发而暴露，刘庄大怒，将窦氏子弟的官职都悉数罢免，只留窦融一人在洛阳。

此后因为窦融去世，刘庄又将窦氏子弟悉数召回。但窦穆却不知收敛，多次口出狂言，再度被刘庄赶出了洛阳，其子窦勋因为迎娶了沘阳公主而得以留在京师。此后窦穆又因贿赂小吏，在扶风郡被逮捕，最终死在了平陵的狱中，在洛阳的窦勋也被连坐，不久亦死于狱中。

父亲的早丧以及家族的败落，在窦氏的童年蒙上了一层阴影。其母沘阳公主虽贵为皇亲国戚，但父亲东海恭王刘强是被光武帝刘秀废掉的太子，因此在政治上也难以给予孙女太大的帮助。无奈之下，沘阳公主只能通过卜卦相面来寻求心理上的安慰。沘阳公主地位尊崇，相士自然趋炎附势，于是众口一词地夸赞其女“当大尊贵，非臣妾容貌”。因此沘阳公主对这个女儿寄予了厚望，从小便细心教导。《后汉书》称，窦氏六岁便能够读书识字，在家族中享有“神童”的美誉。

在汉代的社会背景下，出众的才华并不能真正改变一个女性的命运，但由此带来的知名度，却能让她得到当权者的青睐。建初二年（公元 77 年）八月，窦氏被选入宫中。因为她容颜出众、举止得体，很快便得到汉章帝刘炟的关注。此后刘炟多次向女官傅母打听窦氏的相关情况，等到正式见面之后，更是一见倾心。

窦氏虽然得到了刘炟的喜爱，但要真正融入后宫，她还要得到皇太后马氏的认可。关于皇太后马氏对窦氏的态度，《后汉书》给出了一个模棱两可的答案：“马太后亦异焉”。这句话既可以理解为皇太后马氏对窦氏异常的看重，也可以理解为皇太后马氏视窦氏为异类。

这两个答案看似南辕北辙，却在现实中完美统一。在窦氏入宫之初，同为勋旧之后且也经历幼年丧父，甚至同样曾在童年时便被相士预测未来“贵不可言”的皇太后马氏自然对她也比较看重。否则也不会在窦氏仅入宫半年，便同意刘炟册封其为皇后。

但很快皇太后马氏便在窦氏的身上，看到了与自己同样的才干和野心。虽然忌于刘炟对窦氏的喜爱，皇太后马氏一时还没有合适的理由对其动手，但她已经开始试图通过在后宫引入更多年轻貌美的女子来分薄刘炟对窦氏的宠爱。

随后，皇太后马氏将扶风郡宋杨的两个女儿领进了皇宫，称之为“宋大贵人”和“宋小贵人”。宋氏二女入宫后，很快便获得了刘炟的宠幸，姐姐更在建初三年（公元 78 年）为刘炟生下了第三子刘庆，母凭子贵，一时风光无限。而就在这个时候，后宫中突然又出现了梁竦的两个女儿，称之为“梁大贵人”和“梁小贵人”。梁氏二女是如何进宫的，史料并没有给出明确的答案，但我们可以从其家族历史中发现些许蛛丝马迹。细数起来，梁家与窦家还颇有渊源。

梁竦的父亲梁统据说是战国时期秦国卿大夫梁恪的后代，如此久远的名门出身虽然无从考证，但是梁统的祖父梁桥是身家千万的富翁却是于史有载的。或许是预见到了即将到来的乱世，西汉末年，梁统的父亲梁延将家族从长安附近的茂陵迁徙到了凉州的安定郡。

随后梁统投靠了更始政权，但他很快发现刘玄难成大事，便主动请求前往凉州，刘玄任命其为酒泉太守。不久之后，梁统推举窦融任统领河西五郡的大将军，而窦融则投桃报李，推举梁统为武威太守。

随着光武帝刘秀逐渐成势，梁统跟随窦融一同前往投靠。可能是由于曾经同在更始政权为官，也可能是为了分化窦融的河西集团，刘秀给予了梁统极高的政治待遇。不仅册封梁统为成义侯，还加封其胞兄梁巡、堂弟梁腾为关内侯，而后更将梁统的四个儿子任命为郎官。

梁统家学渊博，在朝中任职期间便曾多次上疏言事，获得了刘秀的认可。他的儿子梁松博通经书，明习故事，时常与刘秀商讨朝政。刘秀对他也颇为欣赏，还把自己的长女舞阴公主许配给了他。

光武帝执政时期，梁松自然是官运亨通，一度出任执掌近卫军的虎贲中郎将。刘秀去世前，遗命梁松辅佐汉明帝刘庄。永平元年（公元58年），梁松升任太仆，但也就是在这个位置上，梁松与光武帝时期的名将马援结下了梁子。

关于梁松和马援交恶的原因，史书中没有给出明确的解释，《资治通鉴》也仅记录些无关痛痒的小事：马援有一次生病，梁松前来探望。马援不知道是真的病体沉重，还是有几分居功自傲，并没有起身还礼。事后马援的儿子提醒父亲说：“梁伯孙（梁松字伯孙）是先皇的女婿，朝廷显贵、公卿以下的官员没有不惧怕他的，为何唯独您敢对他不敬呢？”马援却毫不在乎地答道：“我和梁松的父亲是好朋友，他虽然身份尊贵，但在我面前终究是个晚辈，哪有长辈给晚辈行礼的道理！”

如果说马援没有在病榻之上向梁松还礼还算情有可原的话，那么接下来发生的事情就让梁松无法忍受了。马援有两个侄子，名叫马严、马敦，长期在洛阳城中结交游侠、议论时政。马援出征交趾之时，曾写信回家告诫他们说：“我希望你们在听到他人的过失时，应该像听到自己父母的名讳一样，耳朵可以听，但嘴巴不要讲。因为议论他人是非，随意褒贬时政和法令，这是我最厌恶的事情。我宁可死，也不愿听到子孙有此类行径。”

这些话本是马援教训本族子弟如何为人的秉公之论，本没有什么问题，偏偏马援在书信还点了两个人的名字。他说：“龙伯高为人宽厚谨慎，言谈合乎礼法，谦恭而俭朴，廉正而威严。我对他既敬爱，又尊重，希望你们效法他。杜季良为人豪爽仗义，将别人的忧虑当作自己的忧虑，将别人的快乐当作自己的快乐。他父亲去世开吊，几郡的客人都来了。我对他既敬爱，又尊重，但我却不希望你们效法他。效法龙伯高不成，还可以做恭谨之士，正如人们所说的‘刻鸿鹄不成还像鸭’；若是效法杜季良不成，就会堕落成轻浮的子弟，正如人们所说的‘画虎不成反似狗’了。”

马援在信中所提到的“龙伯高”，指的是时任山都县长的龙述，而“杜季良”则是越骑司马杜保，这两个人显然在当时都是誉满天下的名士。马援向自己的侄儿提及他们，本是希望马严和马敦见贤思齐，却不料有好事者借题发挥，拿着马援的这封信，向刘秀检举杜保此人“行为浮躁，蛊惑人心”，并表示“伏波将军马援远从万里之外，都想到写信回家告诫侄儿不要与杜保来往。但陛下的两个女婿梁松、窦固却同他结交，这显然是在助长他轻薄伪诈的行为呀！”

刘秀本来就对杜保有意见，接到了这封检举信后，当即对梁松和窦固进行了责问。两位驸马无从分辨，只能叩头请罪。事后刘秀下诏免去了杜保的官职，同时擢升龙述为零陵太守。窦固如何看待此事，史书中并未记录，但梁松却由此恨上了马援。

建武二十五年（公元49年），马援率部讨伐武陵蛮族，由于不熟悉地形而选择了距离较近但水势凶险的壶头方向进军，在此地遭到了蛮族的顽强阻击。汉军顿时进军受阻又恰逢酷暑，很多士兵因患瘟疫而死，马援自己也感染了疫病，只能勉强支撑着指挥战斗。而此时副将耿舒却上疏攻讦自己的主帅，称马援就像个做生意的西域商人，所到之处，处处停留，才导致军事行动的失败。刘秀盛怒之下便命梁松前往斥责，并准备接替他准备的指挥。

梁松尚未赶到，马援便已去世。他借机报复，大肆罗织马援的罪状，刘秀也不明就里地剥夺了马援新息侯的爵位。马援家人在惊恐之下，不敢将其棺柩运回祖坟，只能草草葬在城西，门下的宾客旧友，更无人敢来吊唁。一代名将竟落到如此下场，真让人感到唏嘘。

梁松对马援的构陷固然是因为此前的私仇，但如果不是马援在武陵战场上的失利以及刘秀对他的不信任，那么梁松显然也不可能如此轻易的得手。

梁松虽在光武帝执政期间深受宠信，但随着汉明帝刘庄的登基，他这位姐夫也很快便成了挡在新君乾纲独断面前的障碍。永平二年（公元 59 年），刘庄以梁松多次私自写信给郡县官员托请人情为由，罢免了他所有的官职。两年后，刘庄又以诽谤罪将其逮捕入狱，直接判了死刑。梁松的两个弟弟梁竦和梁恭也受到牵连，被流放到遥远的九真郡（今越南北部）。

梁竦自幼便博学多闻，据说二十岁时已能讲授《易经》。在流放的途中，因感怀自己的境遇，便以祭奠历史上的楚地英杰伍子胥、屈原为名，写下了一篇《悼骚赋》，并把它绑在石头上沉入滔滔的江水之中。不知道是不是因为此举感动了上苍，不久之后刘庄便下诏，允许梁氏兄弟返回故乡。

梁竦自认为在政治上已无发展希望，刘庄的皇后马氏更是马援的女儿，因此便闭门不出，以读书著述为业。不知道是不是因为同为河西子弟出身，还是在求学的过程中有过交集，班固与梁竦似乎有些私交。在看到梁竦闭门所做的《七序》之后，班固大加称赞："孔子著《春秋》而乱臣贼子惧，梁竦作《七序》而窃位素餐者惭。"而联系当时的政局，此时已经跃升至汉朝核心决策圈的班固，这番话中显然另有深意。

◆ 后宫风云：窦氏固宠，班固站队 ◆

在班超纵横西域之际，班固在干什么？从《后汉书》的相关记载来看，班固不仅始终在勤勤恳恳地从事修史工作，更逐渐成了汉明帝刘庄身边的心腹幕僚。永平十七年（公元74年），刘庄一时兴起，召集班固、贾逵、郗萌等饱学之士在皇宫讨论《史记·秦始皇本纪》中司马迁赞语有无不当之处，班固当庭便指出其中的一处错误。出宫后，班固为进一步说明自己对秦亡的认识，作了一篇《秦纪论》，深刻揭示了秦朝走向灭亡的必然性。

这件事看似平淡无奇，但考虑刘庄执政时期，虚言谶语横行，学者和臣子时常因为进言而获罪，班固敢于当庭直抒己见，不仅说明他在史学方面的造诣，更从另一个方面说明汉明帝刘庄对其的信任。之所以出现这样的局面，恐怕还与他此前撰写了脍炙人口的《两都赋》不无关系。

刘秀建立东汉政权以后，便将国都从长安迁到了洛阳。刘庄执政时期，进一步疏浚护城河，修缮城墙，重整宫阙。但洛阳城中很多关中士绅仍怀恋长安的繁华，公开倡议重新将国都迁回长安。汉明帝刘庄面对这样的舆论攻势，一时竟也无计可施。关键时刻，班固挺身而出，在自己的《两都赋》中盛赞东都洛阳规模建制之美，并从礼法的角度歌颂了光武帝刘秀中兴汉室的功绩，宣扬了建都洛阳的合理性。

很快班固的这一举动便引来了同僚的效仿。班固昔日在太学的同窗兼同乡傅毅一口气写就了《洛都赋》《反都赋》两篇文章，而且用词较班固更为肉麻。

班固好歹还是将长安与洛阳并列，称两者各有千秋，只是因为“王莽作逆，汉祚中缺，天人致诛，六合相灭”才不得不迁都洛阳。而傅毅却直接从吹嘘刘秀入手，在《洛都赋》中高唱“惟汉元之运会，世祖受命而弭乱。体神武之圣姿，握天人之契赞。”随即更在《反都赋》中称迁都洛阳的举措是“观三代之余烈，察殷夏之遗风。背崤函之固，即周洛之中。”

傅毅的马屁拍得如此精彩，也让他重新回到了汉朝高层的视线。汉章帝刘炟继位后，便以广召文学之士的名义，任命傅毅为兰台令史，不久之后更升他为郎中。

傅毅隐居多年，突然能够进入中枢，自然要积极表现。当即便仿《周颂·清庙》的笔法，作了十篇《显宗颂》，用来赞扬刘庄的功德。此举让班固非常恼怒，在写给弟弟班超的信中讥讽傅毅：“武仲（傅毅字武仲）以能属文，为兰台令史，下笔不能自休。”意思是说：“傅毅不就是能写几篇酸文吗？当上兰台令史后，都写到停不下来了！”

对于哥哥的这通牢骚，班超如何作答，史料并未记载。倒是后世的魏文帝曹丕给予了公正地评价：“文人相轻，自古而然。傅毅之于班固，伯仲之间耳。”并认为“人善于自见，而文非一体，鲜能备善，是以各以所长，相轻所短。”意思是说，“人应该有自知之明，天下的文体并非只有一种，很少有人能悉数兼备的。因此不应该用自己的长处，去攻击他人的短处。”

曹丕作为“建安三曹”之一，从文学角度去评判班固和傅毅两人，不能说是没有道理的。毕竟班固长于治史，在遣词造句方面的确不如傅毅。傅毅一生著有诗、赋、文章等二十余篇，其中以《舞赋》最为有名。全赋铺陈有序，描写细腻，以清丽、流畅的笔触描写歌舞场面，令人有身临其境之感。

作为政治家，曹丕如果只是简单地认为“伯仲之间”的班固与傅毅之间的恩怨只是“文人相轻”，就未免将此二人看得太过简单了。傅毅进入中枢后不久，便与皇太后马氏的弟弟马防交往甚密。马防率军平定羌族部落叛乱之时，傅毅更一度被任命为军司马。此后马防以师友之礼对待傅毅，显然是将他引为了自己的心腹幕僚。

在傅毅因为依附外戚而名利双收之际，班固也被刘炟所器重，常常被召进皇宫陪侍读书。刘炟外出巡狩，也会让班固随行，不时要他献上诗词歌赋助兴。朝廷有大事发生，更会让班固列席，参与公卿大臣讨论。但是这些恩宠对于班固而言，并不“实惠”，毕竟继位之初的刘炟不仅面对皇太后马氏及其家族的掣肘，朝堂之上更有一干德高望重的三朝元老要对付。班固虽然常年跟随在刘炟的身边，却没有加官进爵的机会。每每念及父子两代才华横溢，却不能名显于世，自己也年逾四十，仍不得升迁，班固内心的苦楚自然可想而知。长期压抑的情绪，让班固写下了一篇《答宾戏》。

《答宾戏》继承了班固长期以来“自问自答”的模式，描述了一位宾客调侃郁郁不得志的主人，主人却志向坚定的对谈过程。表面上看，班固是在向世人展现自己“专笃志于儒学，以著述为业”的坚贞不渝。但明眼人却不难看出，班固此举是在向刘炟“要官”。

刘炟自然也看懂了《答宾戏》，在赞赏班固的才华之余，倒也擢升了他为“玄武司马”。但玄武司马这个官职仍只是负责管理宫城玄武门的中下层官吏，俸禄也不过是“秩比千石”而已，显然距离班固的预期还有很大的差距。更让班固感到难以接受的是，他虽然表面上官职得到了提升，但却失去了与刘炟接触的机会，真可谓是“得不偿失”。

眼见自己“要官”失败，而后起的傅毅却是春风得意，班固痛定思痛之余，做出了效仿傅毅，依附外戚的念头。但此时主持汉朝政局的皇太后马氏与班固并无交集，他有心投效，却是不得其门而入。或许正是在这样的背景下，班固依靠窦、班两家的世交关系，转而与皇后窦氏搭上了关系，同时利用自己多年在宫廷中积累的人脉，促成了好友梁竦的两个女儿入宫伴驾。

班固此举显然承担着巨大的政治风险，而皇后窦氏是否与班固同谋，我们虽不得而知，但从事情的后续发展来看，却不难发现梁氏姐妹入宫，对皇后窦氏而言可谓是有利而无害。建初四年（公元79年），“梁小贵人”生下一子，这便是未来的汉和帝刘肇，皇后窦氏日后更将这个孩子收为养子，巩固了自己的政治地位。

梁氏姐妹进宫后不久，皇太后马氏便因病去世，马氏一族的政治地位随即变得岌岌可危。此时议郎杨终以当下经学流派解经歧异极大，影响经学的传播和发展为由，提议刘炟应如汉宣帝召集石渠阁会议那样，召集有权威的学者来讲论五经，裁定经义。

刘炟采纳了这个建议，在白虎观召集天下大儒讲论五经异同，班固以史官身份参加了这次会议。会后班固按照刘炟的旨意，将会议记录整理成《白虎通德论》。或许也正是这一时期，身为玄武司马的班固看准机会，抛出了梁竦闭门所做的《七序》，而他所谓“梁竦作《七序》而窃位素餐者惭”中的“窃位素餐者”指的显然便是皇太后马氏的三个弟弟。

其实，早在皇太后马氏生前便已经注意到自己家族权势过大所带来的隐忧，多次公开反对刘炟册封其诸弟为侯。但在当时的政治环境下，皇太后马氏越是反对封赏自己的兄弟，刘炟越是认为对于马氏一族的待遇还不优厚。

建初二年（公元77年），中原大旱，有官员竟提出这是因为没有册封外戚的原因所导致的。皇太后马氏虽然下诏表示明确反对此事，但刘炟还是亲自出面宣称："汉朝兴起之时，舅氏亲族封侯，犹如皇子封王一样。太后诚心保持谦虚，怎能让儿臣偏偏不对三位舅舅加以恩赏呢？况且担任卫尉的舅舅马廖年纪已大，另外两位担任校尉的舅舅马防、马光也身患重病，应趁着他们都健在给予封赏，万万不可再拖延了啊！"

经过一番政治角力后，刘炟在建初四年（公元79年）四月，加封马廖为顺阳侯，马防为颍阳侯，马光为许侯。马氏三兄弟虽然接受了封爵，但三人在受封不久后，便上书请求辞去官职。两个月后，皇太后马氏病逝。刘炟随即便把生母贾贵人家族所佩戴的绶带颜色，由绿色升级为与诸侯王同级的红色，并赏赐四马牵拉的安车一辆，永巷宫女二百人，御府各色丝绸二万匹，黄金一千斤，钱两千万贯。这相当于是向天下人明确地释放了不再尊崇皇太后马氏为自己母亲的强烈信号。

随着皇后窦氏在后宫地位的日益稳固，其扶植养子刘肇为太子的行动也开始全面展开。她首先找来了母亲沘阳公主，让她负责在外收集宋氏家族的罪证。同时又命宫中的侍从刺探宋氏姐妹的行动，以便罗织罪名。

建初七年（公元82年），宋大贵人身患重病，突然想吃新鲜的兔肉，便吩咐娘家寻找。偏偏汉章帝刘炟生肖属兔，皇后窦氏抓住这个机会，宣称宋大贵人此举是要作法诅咒当今圣上，以便让自己的儿子刘庆继位。刘炟盛怒之下，勒令刘庆搬出太子宫，不久又下诏，以“精神恍惚失常，不能够侍奉宗庙”的名义，废黜其太子之位，贬为清河王，改封刘肇为太子。

但刘炟对宋氏姐妹却没有那般宽容了，当即便将两人逐出后宫，关押起来，交由宦官蔡伦进行审问。这位蔡伦虽因改良造纸技术而青史留名，但政治上却是一位翻手为云、覆手为雨的狠角色。在他的严酷审讯下，宋氏姐妹不久便双双服毒自尽，其父宋杨亦被罢免了议郎的职务，逐回原籍。但在处置了宋氏姐妹之后，刘炟似乎有所懊悔，而后又提升了刘庆的政治待遇。不仅要求皇后窦氏给予刘庆与太子刘肇同样的衣冠，更允许两兄弟入则共室、出则同舆。

或许是从刘炟对刘庆的优待中看出了丈夫对宋氏姐妹的留恋，也可能是为了杜绝日后梁氏姐妹成为与自己争夺太子刘肇母后头衔的风险。皇后窦氏又命人检举梁氏姐妹的父亲梁竦暗中谋反，刘炟当即便命人将他拘捕，一番严刑拷打之后，梁竦冤死狱中，梁氏姐妹亦在宫中“忧愁而死”。

在宋氏姐妹、梁氏姐妹先后冤死的过程中，班固扮演了什么样的角色？史料中并没有给出明确的答案。但可以肯定的是，作为窦氏政治盟友的班氏家族，迎来了一荣俱荣的春天。

第七章

功成：用兵北境，经营西域

◆ 外戚跋扈：窦宪崛起，以战止争 ◆

在处理了后宫之中与自己争宠的宋氏姐妹、梁氏姐妹后，皇后窦氏又将矛头对准了已经远离中枢的马氏一族。顺阳侯马廖长期以来，一直为人谨慎，只是因为天性宽厚，因此对族中子弟缺乏有效地管教和约束。时间一长，马氏子弟逐渐变得骄奢淫逸、为所欲为。

校书郎杨终曾写信给马廖称："阁下地位尊贵，四海之内，众人瞩望。您的弟弟马防、马光都还年轻，血气方刚，他们没有窦长君（窦建）那般的谦让精神，反而门下却接纳了一些轻浮狡猾、品行不端的宾客。如果您对他们再不加以管教的话，放纵他们养成了任性的陋习，那么我只能对马家的未来感到担心！"

杨终的建议虽然言辞恳切，但此时马氏家族早已病入膏肓。马防、马光两兄弟坐拥巨额财产，还大规模地建造宅第，豢养着数以百计的食客，甚至还对边境地带的羌人、胡人征收赋税。汉章帝刘炟对此颇为不满，屡次下诏申斥，并处处予以限制。在这样的形势下，马氏家族的权势日益衰弱，一些有远见的门人、食客也纷纷选择离去。

在这样的情况下，马氏子弟本应该洗心革面、谨言慎行，偏偏马廖的儿子马豫还自以为是，竟还敢上书辩解和抗议。刘炟盛怒之下，将其投入监狱。

马氏家族经过此事之后，可谓是伤筋动骨，再难有所作为。皇后窦氏乘势将自己的哥哥窦宪、弟弟窦笃推到了台前。窦宪以侍中、虎贲中郎将的身份，执掌宫廷近卫；窦笃则以黄门侍郎的身份，参与处理日常政务。对于这样的人事安排，司空第五伦上疏指出："虎贲中郎将窦宪为人恭敬谦让，以'椒房之亲'的身份，统御皇家禁军，本来是比较合适的。然而他喜欢结交士人，不免泥沙俱下，收容了一些有过劣迹和前科的人。士大夫中一些缺乏节操之徒也相互举荐，投拜在窦氏的门下。因此我建议陛下和皇后严令窦宪不得随意结交官僚士子。如此方能防患于未然，让窦宪永葆荣华富贵。"

第五伦的这些话，看似很有道理，但事实上却毫无操作空间可言。因为汉朝之所以会出现外戚专权的局面，根本原因还在于君主无论能力强弱，皆不可能日复一日独力处置各类复杂的政务，如果遇到边塞有警、领兵出征则更加分身乏术。偏偏对于刘姓宗室、外姓重臣，天子均不能完全信任，唯有自己妻族缺乏政治根基，能够放心地委以重任。正是基于这样的考虑，汉朝历代皇帝才选择重用外戚。而洛阳城内的各阶层人士更看准了这一点，纷纷展开了政治投机，甚至出现了曾经得罪外戚而陷入困境的官员，因为投靠了新的外戚而重新复起的案例。

元和三年（公元86年），太尉郑弘屡次上书弹劾窦宪权势太盛，但刘炟始终不为所动。郑弘无奈之下，只好选择弹劾窦宪的党羽尚书张林和洛阳令杨光贪赃枉法，但这份奏折却被窦宪截获。随即窦宪先发制人，弹劾郑弘身为重臣，泄露机密。

郑弘当即到廷尉处投案自首，刘炟却下令将其释放，心灰意冷的郑弘又上疏表示希望能告老还乡，但也不予批准。进退维谷之下，郑弘大病一场，从此一病不起，他在病中仍上疏表示窦宪乃是王莽那样的奸恶之徒，希望刘炟能够效仿上古的贤君舜帝那般大义灭亲。但刘炟看到他的奏折之后，只是派御医前去给他诊病，结果等抵达郑弘府上时，他已经去世了。郑弘的凄惨结局，让诸多老臣都萌生了退意。不久之后，第五伦便以年迈为由致仕，从此窦宪在朝野之中的权势如日中天。

元和四年（公元87年），刘炟病逝。窦宪利用妹妹升任皇太后临朝摄政之际，公然以侍中的身份入宫主持机要，除了之前接任虎贲中郎将的窦笃之外，窦宪的另外两个弟弟窦景、窦同不久也进入了中枢。随着窦氏对朝政的把持，窦宪睚眦必报的性格也逐渐暴露了出来。只因为韩纡曾经参与过自己父亲窦勋一案的审理，窦宪便命令门客刺杀了韩纡的儿子，并公然把人头祭奠在了自己父亲的墓前。都乡侯刘畅到洛阳吊唁汉章帝刘炟，或许是身为刘秀之兄刘縯的长孙，他继承了其祖父的英武，也可能是皇太后窦氏从他身上发现了突出的政治才干，刘畅在洛阳逗留期间，皇太后窦氏频繁地召见他。窦宪担心长此以往刘畅会威胁到自己的权势，竟派刺客在皇宫之中将其暗杀了。

一位宗室在宫中遇刺，自然引起了轩然大波。窦宪起初还想把罪名强行推给刘畅的弟弟利侯刘刚。但是尚书韩棱却坚定认为凶手应该就在洛阳，擅长侦破疑难案件的廷尉何敞更挺身而出，主动要求彻查此事。在太尉、司徒、司空的强力支持下，案情很快便水落石出。面对缜密、完整的证据链，暗杀事件败露，凶手直指窦宪本人。皇太后窦氏听闻也异常愤怒，下令将他禁闭在内宫。

情急之下，窦宪主动提出率部出塞，攻击北匈奴，以赎死罪。客观地说，窦宪虽然此前长期统领近卫军，但却没有领兵征战的经验，更何况此时身犯不赦之罪，更不适合掌握兵权。但皇太后窦氏本就不愿为了一个相识不久的刘畅而惩治自己的哥哥，又考虑到临朝摄政以来，自身政治上并无突出的建树，正有借助对外征战，转移国内矛盾的念头。兄妹两人一拍即合。

章和二年（公元88年）十月，皇太后窦氏任命窦宪为车骑将军，计划调动驻守洛阳的中央军精锐以及北部边境十二个郡府的骑兵、羌胡雇佣军，准备与北匈奴大干一场。

作为一个并无军事才能的外戚，窦宪之所以敢于出征北匈奴，完全是因为那个曾经强盛一时的游牧部族早已衰弱不堪。北匈奴不仅再无力南下袭扰汉朝的北方边境，其内部更呈现出分崩离析的态势。建初八年（公元83年）六月，北匈奴三木楼訾大人稽留斯三万余部众在五原郡向汉朝请降；元和二年（公元85年），北匈奴大人车利涿兵等部，前后有七十三批逃往汉朝边塞请求归降。

北匈奴之所以会出现这样的局面，固然与周边南匈奴、乌桓、鲜卑、丁零等部族不断袭扰有关。但更为重要的是北匈奴所盘踞的蒙古高原，虽然盛产良驹，但农副产品严重缺乏。因此长期以来，北匈奴都必须通过控制西域来巩固自己的经济体系，同时不断通过南下劫掠或与汉朝展开互市来解决生存和发展问题。

班超在西域的行动，让北匈奴仆从国被逐一击破，北匈奴政治影响力日渐式微，越来越多的西域国家不仅断绝了与北匈奴的往来，而且还加入到了围攻其的行列中。北匈奴在夺回西域的多次努力都以失败而告终之后，不得不在元和元年（公元 84 年）通过武威太守孟云向汉朝传递希望恢复互市的请求。

在获得汉章帝刘炟首肯的情况下，北匈奴大且渠伊莫訾王亲自押送着牛马南下，准备与汉朝展开贸易。不料走到半路便遭到了从上郡出发的南匈奴轻骑兵的伏击，损失惨重。此役之后，北匈奴与汉朝之间再也没有了信任的基础，互市也就无从谈起。

从事后刘炟委任度辽将军兼中郎将庞奋用双倍价格赎买南匈奴所抢得的俘虏和牲畜，而后归还北匈奴的事情上看，此事显然不是汉朝刻意设下的圈套。但是对于南匈奴而言，他们显然并不愿意看到北匈奴成为汉朝的盟友，从而削弱自己的政治地位。随着北匈奴的日益衰弱，南匈奴开始不断向北进攻。

章和元年（公元 87 年）七月，鲜卑大军攻入北匈奴东部牧场，一举击溃北匈奴主力并斩杀了优留单于。鲜卑军队不久后便自行撤回，但北匈奴内部却陷入连年的混乱中。当年便有屈兰储等五十八个部落，超过二十八万人口，赶着牛羊出现在云中、五原、朔方、北地等汉朝边郡，主动要求内附。

眼见北匈奴羸弱至此，南匈奴单于屯屠何于章和二年（公元 88 年）向汉朝上疏表示应当趁着北匈奴内乱分裂的机会，派出大军进行讨伐。虽然屯屠何在奏折中写得极为客气，称自己“生长汉地，开口仰食，岁时赏赐，动辄亿万，虽垂拱安枕，惭无报效之义”，又说自己的兵力不足，请求汉朝派遣军队合力北征。

从屯屠何的计划来看，他的目标不仅是为汉朝解决北方边患，更是希望能够“破北成南”，实现统一南北匈奴的目的。正是基于屯屠何的勃勃野心，汉朝朝堂之上很快便出现了“主战派”和“主和派”的对立。

“主战派”以老将耿秉为首。他认为从前汉武帝耗尽天下之力想使匈奴臣服，但因时机未到，所以一直没有成功。如今北匈奴内部分裂，相互争斗，正可谓是天赐良机，并且以夷伐夷，更对国家有利。所以应该听从屯屠何的建议，出兵配合其对北匈奴的进攻。

面对耿秉的主张，尚书宋意则极力反对。因为宋意的父亲宋京曾担任辽东太守，因此他对北匈奴的情况极为了解。宋意指出：“匈奴部族内部本就没有尊卑之分，一切都靠实力说话，因此内乱不断，聚散无常。我朝建立以来，曾多次对匈奴展开军事打击，但却始终没有彻底根除。先帝（光武帝刘秀）审时度势，笼络豢养了前来投效的南匈奴，从而使得北部边境安定，人民安居乐业。眼下鲜卑也归顺了我朝，还一举重创了北匈奴，这正是我朝坐观成败的大好良机，为什么要直接出兵呢？”

或许是由于此时的南匈奴仍是汉朝的重要盟友，因此宋意并没有直接挑明屯屠何的狼子野心，而是选择拿鲜卑说事。他说：“鲜卑攻击北匈奴，是由于抢掠对他们有利。而将战功献给我朝，实际上是为了贪图得到重赏。如今若是允许南匈奴回到北匈奴王庭建都，那就不得不限制鲜卑的行动。鲜卑对外不能实现抢掠的企图，对内不能因功而得到赏赐，以其豺狼般的贪婪，必将成为边疆的祸患。现在北匈奴已经向西逃遁，请求与我朝通好，应当趁他们归顺的机会，使之成为我国的外藩。巍巍功业，莫过于此。如果征调军队，消耗了我国的国力而顺了南匈奴的意愿，那就平白丢掉了最佳的和平时机，从而放弃了安全，走向了危亡。”宋意这句话的言下之意就是一旦屯屠何统一了匈奴，势必将成为汉朝北方新的边患。

就在“主战派”和“主和派”相持不下之际，窦宪为逃避罪责，主动请命征讨北匈奴，这在一定程度上倒是起到了坚定皇太后窦氏决心的作用，但这却让汉朝的三公九卿齐刷刷地站到了反对出兵的立场上。他们的理由都大同小异，都是以“匈奴不犯边塞，而无故劳师远涉，损费国用，徼功万里，非社稷之计”来劝阻对塞北用兵。但明眼人都看得出，他们与其说是在反对征讨北匈奴，不如说是在反对窦宪掌握兵权。

临朝摄政的皇太后窦氏自然视之为杂音，采取了不闻不问的态度。一干官员纷纷选择了闭口不言，唯有司徒袁安、司空任隗还在据理力争，甚至当场脱去官帽，在朝堂之上与皇后窦氏当面争辩。

袁安、任隗两人的坚持很快便引发了朝堂之上新一轮的反对声浪。御史鲁恭、尚书令韩棱、骑都尉朱晖、议郎乐恢也加入到了上疏劝谏的行列中。他们除了从国家战略的角度提出不应征讨北匈奴之外，更进一步提出眼下国家正处于更迭之际，人心浮动，可谓是“莫不怀思皇皇，若有求而不得”。如果在这个时间点贸然发动战争，显然于国不利。对于这些意见，皇太后窦氏还是选择了漠视。

眼见屡次劝谏无效，汉朝的官僚群体便亮出了最后的底牌，直接把矛头对准了窦宪的兄弟。他们首先在窦宪的弟弟窦笃、窦景驱使百姓为自己兴建宅邸上做起了文章。因主持侦破都乡侯刘畅遇刺案而升任御史的何敞首先站了出来。

何敞上书说：“高祖在平城被围，吕后收到冒顿傲慢的书信。这两次侮辱，臣子一定要捐躯而死。但高祖和吕后却忍怒含忿，放过匈奴而未加惩处。如今北匈奴没有叛逆之罪，我朝也没有值得羞惭的事情。时值盛春时节，农民正在田中耕作，大规模地征发兵役会使人民产生怨恨，人人心怀不满。再加上卫尉窦笃、奉车都尉窦景滥修宅第，屋舍挤占了街巷。窦笃、窦景是陛下的近臣，应当成为百官的表率。现在远征大军已经上路，朝廷焦灼不安，百姓愁苦，国家财政空虚，而此时骤然兴建巨宅，这不是发扬恩德使后世仿效的做法，应当暂且停工，专心考虑北方边疆的战事，体恤人民的困难。”

可惜何敞似乎忘记了，为窦笃、窦景兴建宅邸本就是皇太后窦氏的意思，而面对朝堂之上不断出现的反对声音，窦宪也终于坐不住了。随即便以“私买公田，诽谤朝廷”的罪名，将尚书仆射郅寿逮捕。此举果然奏效，朝堂之上除了何敞还敢于出面替郅寿求情之外，其余的三公九卿都知趣地选择了闭嘴。最终郅寿被流放合浦，在出发之前，这位昔日光武帝刘秀时期重臣郅恽之子因不堪受辱，选择了服毒自杀。

◆ 远征大漠：燕然刻石，班固从军 ◆

或许正是因为自己领兵出征北匈奴一事在朝堂之上遭到了太多的非议，窦宪在组建远征军的过程中，特意任命班固为“中护军”，让他参与军中的相关决策。应该说在窦氏集团迅速崛起的过程中，班固并未得到太多政治上的“实惠”，而且他对皇太后窦氏残忍地构陷自己的好友梁竦、逼死梁氏姐妹心存怨恨。但班固与窦氏集团拉开距离更为重要的原因在于，随着窦氏的迅速崛起，前来攀龙附凤的人多如过江之鲫，班固自然也就被逐渐遗忘了。

班固的洁身自好，除了满足自身的道德感和虚荣心之外，并不能改变自己郁郁不得志的现状。汉章帝刘炟逝世前后，班固的母亲也离开了人世。按照汉朝官场旧例，班固必须辞官回家守孝，此时已经五十八岁的班固，对于自己的政治前途显然已经失去了信心。而他曾经致力想要完成的《汉书》也随着汉明帝刘庄的逝世而耽搁了下来。就在班固迷茫和无助之际，窦宪向他伸出了橄榄枝。

窦宪之所以选择在此时招揽班固，显然不仅是因为想要拉老伙计一把，其背后有着更为复杂的政治考量。窦氏一族在朝堂上树敌太多，本就无人可用，而此前招揽的门客虽多，但大多数都是些鸡鸣狗盗之徒，成事不足、败事有余，否则刘畅遇刺一案也不会那么快便被侦破。因此窦宪思来想去，自然不免又想到与自己有着世交情谊的班固。

除了有世交情谊之外，班固在朝野之中的人望，对窦宪而言也可谓是极大的政治助力。班固在汉明帝刘庄执政时期长于治史的贤名以及在汉章帝刘炟时期参与议政的人脉，或许是窦宪更为看重的。班固曾经也旗帜鲜明地主张对北匈奴采取怀柔的政策，并写过一篇脍炙人口的《匈奴和亲议》。

《匈奴和亲议》的具体写作时间不详，但从其中“康居、月氏，自远而至，匈奴离析，名王来降”的相关叙述来看，写作时间应该在章和元年（公元 87 年）至章和二年（公元 88 年）之间。班固当时的论断与此后反对窦宪征讨北匈奴的一干重臣的想法不谋而合，都是主张应暂缓对北匈奴用兵，与之建立起稳固的外交关系。在这样的情况下，将班固这样曾经的“主和派”拉到自己的阵营中，在窦宪看来有助于压制朝堂之上的反对舆论。

除了上述考虑之外，班超在西域的赫赫战功，显然也是窦宪将班固这样一个文弱书生任命为“中护军”的考量之一。所谓“护军”，并非字面意义上的“卫护军卒”，而是“尽护诸将”，负责管理军中将佐。出任这个岗位的人，不仅需要深得主帅的信任，更要在军中颇有威信。班固这样的文官，虽然很难压服一帮跋扈的兵头，但若是抬出班超的名号来，相信还是能让人肃然起敬的。

永元元年（公元 89 年）六月，窦宪和耿秉各自统率四千人马在会合了南匈奴左谷蠡王孪鞮师子部的万余骑兵之后，从朔方郡的鸡鹿塞出击；南匈奴单于屯屠何指挥万余部众从满夷谷出发；南匈奴左贤王孪鞮安国则与汉朝度辽将军邓鸿麾下的羌、胡雇佣军会合，组成八千人马从阳塞出征。三路大军计划分进合击，最后在涿邪山会师。

但是大军出发之后，窦宪为了独占功劳，临时推翻了原定的作战计划。他派出副校尉阎盘、司马耿夔等年轻将领，率领南匈奴左谷蠡王的万余精锐骑兵先行出击，直扑北匈奴单于的王庭。从战术上来看，这样的孤军深入显然颇为凶险，但好在此时窦宪的对手早已衰弱不堪。北匈奴单于虽调集兵力在稽洛山一带阻击汉军，但一触即溃，大败而逃。窦宪随即命麾下各军分头展开追击，一路扫荡至乌布苏泊附近（今蒙古国境内）。大军在追击的过程中，共斩杀北匈奴一万三千余人，缴获大批牲畜。

面对北匈奴先后前来归降的八十一个部族、二十余万百姓，首次出塞的窦宪显然兴致颇高。他带着老将耿秉和一干心腹登上巍峨雄壮的燕然山（今蒙古国杭爱山），当场命班固撰写铭文，以展现自己辉煌的战绩和汉朝的赫赫威德。

同样是第一次深入漠北的班固显然也被眼前这壮美的景象所震撼了，而熟读史书的他比任何人都了解汉朝经历了漫长的拉锯战，最终战胜北匈奴的来之不易和历史意义。因此他当即便作了一篇壮怀激烈、言辞动人的《封燕然山铭》。

《封燕然山铭》的第一部分，班固不能免俗地拍了几句窦宪的马屁，称其“寅亮圣明，登翼王室，纳于大麓，惟清缉熙”，无非是说他恭敬天子、辅佐王室，在处理国事方面，始终能保持着高洁光明的德操。但接下来，班固并没有将功劳全部归于窦宪一个人的身上，他不仅强调了身为执金吾的耿秉也同窦宪一同“述职巡御，理兵于朔方”，更盛赞了参与此战的汉军将士为“鹰扬之校，螭虎之士。”

除了汉朝的军队之外，班固也提到了正是由于南匈奴、乌桓、氐羌等游牧部族盟军的踊跃参战，才最终形成了“骁骑三万，元戎轻武，长毂四分，云辎蔽路，万有三千余乘”的恢宏军阵。其中：“元戎”指的是统帅乘坐的重型战车，“轻武”指的是用于突击的轻型战车，“长毂”指的是用于运载兵卒和防御的中型战车，“云辎”指的是运载辎重物资的后勤车辆。显然正是由于动用了上万辆的各型战车，大军才能在漠北保持高度的机动性和源源不断的物资补给。

而对于具体的战斗过程，班固写得比较简略，只是说汉军组成的队形宛如威风凛凛的天神一般，以“元甲耀目，朱旗绛天”的阵容，迅速地穿越了边塞的高山和沙漠。在交战中斩杀了北匈奴的温禺鞮王和尸逐骨都侯，随后各支部队分头追击，宛如流星、彗星一般横扫万里，最终实现了“野无遗寇”。

对于此行的意义，班固豪迈地写道：“蹑冒顿之区落，焚老上之龙庭。上以摅高、文之宿愤，光祖宗之玄灵；下以安固后嗣，恢拓境宇，振大汉之天声。兹所谓一劳而久逸，暂费而永宁者也！乃遂封山刊石，昭铭上德。”

意思是说：“我们踏破了昔日冒顿单于的老巢，焚毁了老上单于的王庭，对上终于一雪昔日汉高祖刘邦、汉文帝刘恒所受的屈辱，光耀了祖宗的神灵；对下则可以无愧于子孙后代，拓宽了汉朝的疆域，威震了汉朝的声威。这样一次性地解决北部边患的行动，当然值得封山刻石，铭记至德。”

文章的最后，班固以歌颂的形式写道：“铄王师兮征荒裔，剿凶虐兮截海外。夐其邈兮亘地界，封神丘兮建隆嵑，熙帝载兮振万世。”其意思是“威武王师，征伐四方；剿减凶残，统一海外；万里迢迢，天涯海角；封祭神山，建造丰碑；广扬帝事，振奋万代。”

班固这篇《封燕然山铭》，虽然被收录在《后汉书·窦宪传》中，但长期以来石刻具体地点一直没有被发现。直到2017年8月15日，蒙古国成吉思汗大学宣布，在蒙古国中戈壁省杭爱山支脉上的一处摩崖石刻经中蒙两国联合考察队确认为昔日班固所做的《封燕然山铭》。

虽然在《封燕然山铭》被发现之前，中原士子几乎无人亲眼看过这篇雄文，但“燕然刻石”常被唐宋时期的诗人引为“驱逐外虏、克尽全功”的典故而不断吟咏。唐代诗人李峤在《饯薛大夫护边》一诗中，便以“伫见燕然上，抽毫颂武功”作为对即将奔赴边塞好友的祝福；北宋名臣范仲淹在《渔家傲·秋思》一词中，以“浊酒一杯家万里，燕然未勒归无计”来抒发边关将士壮志未酬和思乡忧国的情怀。

在班固写下《封燕然山铭》之后，汉朝与北匈奴之间的战事还远没有结束。窦宪在班师回朝的途中，派出吴汜和梁讽携带礼物出使已经逃亡西海（今里海）的北匈奴，希望北匈奴能够效法呼韩邪单于的先例，归附汉朝。

北匈奴单于起初听从了吴汜和梁讽的建议，率部南归。但在抵达私渠比鞮海（今蒙古国境内）附近时，北匈奴单于听闻汉军主力已经撤走，便又改变了主意，只派了自己的弟弟右温禺王带上贡物，跟随梁讽一同前往洛阳。窦宪眼见北匈奴毫无诚意，当即便把右温禺王送还，旋即开始部署对北匈奴新一轮的军事打击。

◆ 西域都护：迫降龟兹，班超功成 ◆

永元二年（公元90年）五月，窦宪委派副校尉阎砻率领两千骑兵突然袭击了天山要冲伊吾的北匈奴守军，重新打通了汉朝与西域之间的联系。地处该区域的“车师六国”本就对北匈奴缺乏信心，眼见汉军再度兵临城下，随即纷纷易帜。

汉军攻占伊吾，重新打通前往西域通道的同时，正值班超迫降莎车并接受月氏使团祝捷之时。正是因为有了强大祖国的支持，班超才敢于强硬地拒绝月氏的要求。当然从班超的角度来分析，当时刘肇年纪还小，朝政主要由皇太后窦氏把持，也似乎没有必要将月氏求婚的请求上报朝廷，免得再让一个无辜的宗室之女远嫁。

不管怎么说，窦宪对北匈奴的打击在一定程度上策应了班超的行动，而班超对西域的经营以及成功击败来犯的月氏大军，也让汉朝可以更加从容地解决北匈奴的遗留问题。

永元二年（公元 90 年）七月，加封冠军侯的窦宪离开洛阳，前往凉州屯兵。经过与北匈奴的一番交涉后，当年十月北匈奴单于终于同意率部内附。窦宪随即派出班固和梁讽前去迎接，但偏偏这个消息，被南匈奴单于屯屠何得知了。为了独占在匈奴各部之中的领导权，屯屠何秘密派出左谷蠡王师子等部共八千骑兵出塞。

为了给这次擅自出击的军事行动披上合法的外衣，屯屠何不仅上疏汉朝请求再度征讨北匈奴，还特意带上了匈奴中郎将耿谭麾下的从事担任监军。但是屯屠何的这次行动显然并没有事先告知远在凉州的窦宪，最后南匈奴骑兵夜袭了北匈奴单于的部队，斩杀了八千余人，生擒了包括北匈奴单于妻子及子女在内的数千人。

经过这次袭击后，落荒而逃的北匈奴彻底对汉朝失去了信任。而南匈奴则一举扩充为坐拥三万四千户，可动员兵力达五万人的强大游牧部落。窦宪对于屯屠何的先斩后奏，也只能单方面加紧对北匈奴的进攻。

永元三年（公元 91 年）二月，窦宪派遣左校尉耿夔、司马任尚率部出居延塞，在金微山（今新疆阿尔泰山）包围了北匈奴单于的王庭。早已无力抵抗的北匈奴单于再度西逃，汉军阵斩北匈奴五千余人后得胜而回。此次军事行动距离之远，是汉朝出兵北匈奴以来未曾到达过的。从某种角度来看，窦宪能够准确掌握数千里之外北匈奴单于王庭的位置，必然需要来自西域的情报支持，汉军胜利的背后或许有着班超的一份功劳。

关于北匈奴的最终去向，相关史料有着两种不同的说法。《后汉书·窦宪传》中，称其“不知所在”。另一种则认为北匈奴单于在失败之后，很可能率残部一路向西迁徙，并逐渐成了威胁西罗马帝国的匈人部落。

大约在公元 350 年左右，在中亚休养生息的北匈奴后裔大举涌入顿河流域，向阿兰王国发起了进攻。

阿兰王国是由西亚游牧民族斯基泰人所建立的，早在公元一世纪便与当时的西汉有过交集。《史记》中称：“奄蔡，在康居西北可二千里，行国，与康居大同俗，控弦者十余万，临大泽，无崖，盖乃北海云。”俨然是一个颇为强盛的大国。但是面对来势汹汹的外族入侵，阿兰王国完全无力抵抗。

公元374年，匈人部落继续向西进入了东哥特王国。东哥特王国这个崛起于第聂伯河流域的国家，此时势力范围已经囊括了现在的乌克兰、白俄罗斯、立陶宛等国家。但是面对匈人部落不断沿途聚集的力量所形成的破坏力，东哥特同样不堪一击。公元375年，东哥特王国土崩瓦解，幸存者只能带着无限的恐惧逃往西哥特王国。

而后匈人部落进一步将其影响力扩展到多瑙河流域。公元434年，阿提拉正式执政之后，匈人部落转而把矛头对准了相对富庶的东罗马帝国。面对强悍的游牧大军，东罗马皇帝狄奥多西二世只能龟缩在君士坦丁堡城内，用高额的年贡换取苟延残喘的统治。长期的围困加之公元447年的一场几乎摧毁君士坦丁堡的剧烈地震，一度把东罗马帝国逼到了灭亡的边缘。偏偏此时的一纸婚书，将阿提拉的目光吸引到了意大利。

向阿提拉提出求婚的是西罗马帝国公主霍诺利亚。

由于阿提拉早年曾以人质的身份在西罗马宫廷生活过一段时间，加之与霍诺利亚年龄相近，因此有人将阿提拉与霍诺利亚描绘成一对青梅竹马的情侣。但事实上，这位西罗马帝国公主之所以放弃矜持主动向阿提拉提出婚约，更多的来自自身的政治野心。毕竟成为匈人帝国的皇后远比嫁入寻常罗马贵族家庭要气派得多。阿提拉倒也不客气，随即要求西罗马帝国将一半的国土作为陪嫁。此时西罗马皇太后普拉西提阿才发现自己的女儿捅了大篓子，试图将霍诺利亚流放了事，但阿提拉可不接受所谓公主私自求婚属于非法的解释。公元450年，阿提拉率领阿兰、萨克森、东哥特、勃艮第等部族的匈人大军浩浩荡荡地开始西进。

大军首先进入了法兰克人的领地，在盘桓了一段时间之后。公元451年，号称50万的匈人大军横渡莱茵河，攻占了高卢重镇梅斯。面对共同的强敌，西罗马帝国不得不与西哥特王国结盟，利用阿提拉屯兵奥尔良的有利战机，西罗马—西哥特联军试图突袭匈人军队的侧后。阿提拉提前洞悉了对手的战略意图，试图主动后撤至有利于骑兵作战的香槟平原，但在西罗马—西哥特联军的追击下，阿提拉在马恩河畔的小镇沙隆停下了脚步。

此时的西罗马帝国早已兵员枯竭，作为基本作战单位的军团已经缩编至1000人左右，且几乎由防御性的步兵组成。因此沙隆之战实际上已变成了善于骑射的匈人轻骑兵和披坚执锐的哥特重甲骑兵之间的对决。

由阿提拉亲自指挥的匈人骑兵采取中央突破的战术，首先击溃了西罗马—西哥特联军左右两翼的阿兰人。但是面对西哥特铁骑的反冲锋，匈人骑兵不擅近战的弱点便暴露无遗。阿提拉试图暂时后撤重振旗鼓，却不料引发了全军的总溃退，毕竟部署在左翼的东哥特人和右翼的日耳曼人本就无心恋战。

据说阿提拉率军撤出高卢之时，曾指天发誓："我还会再回来"。公元452年，阿提拉一边向西罗马帝国重提他和霍诺利亚的婚约，一边指挥匈人大军翻越阿尔卑斯山进攻意大利。西罗马帝国无力抵抗，只能在匈人大军抵达意大利波河之际遣使求和，同时担心东罗马帝国出兵袭扰自己后方的阿提拉，在罗马城下也草草收兵。

回到匈牙利后，阿提拉一心谋划着先攻占君士坦丁堡，再出兵罗马，最后一举荡平整个西欧。但是在公元453年迎娶一位日耳曼女孩的婚礼上，这位君王却由于饮酒过度而意外暴毙。近代德国剧作家瓦格纳在《尼伯龙根的指环》中将这段史实添油加醋地描写成一段"少女复仇记"，将整个匈人帝国的毁灭都归结于这个在历史上没有留下姓名的弱女子身上。

但阿提拉的意外身亡，的确加快了匈人帝国的崩溃。阿提拉死后，长期臣服于匈人的部族乘势揭竿而起。四分五裂的匈人帝国先败于东哥特人之手，被迫退往伏尔加河、乌拉尔河流域，而后又遭遇阿兰人的围攻，最终彻底在欧洲历史上销声匿迹。

北匈奴单于王庭的覆灭，让始终与汉朝为敌的龟兹彻底失去了靠山。永元三年（公元91年），龟兹及其附属国姑墨、温宿主动向汉朝请降。汉朝随即宣布重新设置西域都护府，任命班超为西域都护，徐干为长史。并将长期滞留在洛阳的龟兹王子白霸册封为龟兹国王，由司马姚光护送回国。

至此整个西域除了因先前曾经杀死汉朝都护而不敢投降的焉耆、危须、尉犁三国之外，悉数都归附了汉朝，班超对西域的经营也由此进入到最后的收官之战。

第八章

玉门：班超晚年，万里封侯

◆ 冰山难靠：窦宪倒台，班固被害 ◆

永元四年（公元92年）四月，在将北匈奴及西域的事务处理完毕之后，窦宪离开了此前驻节的凉州，返回洛阳。此时长期与之为敌的司徒袁安刚刚去世，汉和帝刘肇随即任命丁鸿接任司徒之职。站在窦宪的角度来看，丁鸿就是个如自己幕僚班固、傅毅那样没有野心的饱学之士，应该要比袁安好对付得多，因此一开始就没有对这项人事任命引起足够的重视。窦宪回到洛阳后不久，当年的六月初一便发生了日食。丁鸿乘势上书，再度拿出昔日吕氏、王莽专权的例子，声称此刻出现的日食，就是“人道悖于下，效验见于天，虽有隐谋，神照其情，垂象见戒，以告人君。”

丁鸿的奏折尚未得到汉和帝刘肇的批复，六月十九日，全国范围内又有十九个州郡和封国发生地震，同时大规模的旱灾和蝗灾也在全国蔓延。就在洛阳城内人心浮动之际，二十三日刘肇突然前往北宫，下诏命令主管洛阳防务的执金吾召集北军五校尉率部驻守南宫和北宫并封闭城门，同时下令搜捕窦宪的心腹郭璜、邓叠等人。上述人等到案之后，当即被悉数处决，随后刘肇又从窦宪手中收回了大将军印绶，改封冠军侯，勒令他迅速前往自己的封地。

一夜之间便被剥夺了军权的窦宪，对于刘肇的怨恨和不满可想而知。但此时他或许还不免心存侥幸，认为刘肇多少会顾念皇后窦氏的恩情，给自己留条活路。却没有想到，刚抵达封地，便被勒令自裁。

事实上，窦宪虽身为地位高于三公的大将军，但他在内政方面的种种举措却屡遭司徒袁安、司空任隗的抵制。如窦宪曾举荐过一批州刺史、郡太守和县令，但袁安和任隗很快便联手对这些窦氏党羽展开弹劾，一度让其中的四十余人被贬，甚至罢免。窦宪对此毫无办法，也不敢公然加害袁、任二人。

与窦氏集团在政坛上这种孤立和无奈形成鲜明对比的是刘肇更为隐蔽的暗中夺权。早在永元三年（公元 91 年）正月，刘肇在举行了成年加冠礼的同时，任命曹褒督领近卫军中精锐的“羽林左骑”，算是初步掌握了核心的武装力量。此后更暗中通过哥哥清河王刘庆以及宦官郑众暗中串联驻守洛阳的近卫军，最终一举将窦氏集团扳倒。

在这个过程中，刘庆的作用主要是联络洛阳城内的刘姓宗室，而宦官郑众却可谓是政变得以成功的核心人物。郑众虽然只是一个俸禄仅“秩六百石”的小宦官，却是负责皇帝警卫工作的“钩盾令”。他能以协调警戒任务为由，自由出入洛阳各处军营。刘肇在政变当天之所以可以迅速调集洛阳各处的驻军，显然少不了郑众的居中调度。也正是从郑众开始，外戚和宦官成了汉朝水火不容的两股势力，相互之间争权夺利，甚至公然兵戎相见，最终将整个汉朝拖进了灭亡的深渊。

窦宪倒台之时，班固虽然还在他的大将军府中担任官职，但并未第一时间受到牵连。时任洛阳令的种兢由于此前曾被班固的奴仆因醉酒辱骂过，此时正好借着搜捕窦氏党羽的名义将班固一并逮捕。此时的班固已经六十一岁高龄了，很快便死在了狱中。

洛阳令种兢本以为班固死于狱中，是自己的一大政绩，却没有想到刘肇不久便下诏质问他，更将害死班固的狱吏处死。种兢虽然无奈照办，却始终想不明白刘肇缘何会对班固这样一位窦氏党羽如此看重。

其实在班固自己都不知情的情况下，他曾扮演过刘肇“政变老师”的角色。因为正是通过班固所整理的《汉书·外戚传》，从汉宣帝刘询诛杀霍禹的史料中得到了启示，更坚定了刘肇铲除窦氏集团的决心。从这个角度来看，一本好的史书，堪称是从政者的“武功秘籍”。

正是看到了治史的重要性，刘肇听闻班固已死，而《汉书》尚未完成的消息后，颇感惋惜。在班固死后不久，他便下诏请班昭进入东观藏书馆，继续完成《汉书》的编撰工作。

收降焉耆：班超封侯，甘英远行

窦氏集团的倒台及班固的冤死，并没有影响刘肇对班超的信任。究其原因，除了班超常年身处西域并没有参与过任何政治斗争之外，更重要的是，北匈奴灭亡后，南匈奴又发生内乱，一时间汉朝的北方边境再度紧张起来，他需要班超保证西域的长治久安。

南匈奴的内乱，其实早有预兆。在北匈奴单于不知去向以后，他的弟弟右谷蠡王于除鞬便自称单于，率领数千部众驻扎在蒲类海一带，并派使者向汉朝请求内附。窦宪当时提出的建议是乘势册立于除鞬为北匈奴单于，并设置中郎将进行监护，以便与南匈奴分庭抗礼。当时正暗中部署翦除窦氏集团的刘肇为了不刺激窦宪，更为了将窦宪的党羽耿夔和任尚调离中枢，便同意了窦宪的建议。永元四年（公元92年），刘肇命左校尉耿夔前往北匈奴授予于除鞬“北匈奴单于”的印绶，同时任命任尚为中郎将，持节驻守伊吾，就近监护北匈奴。

应该说北匈奴内附对于汉朝而言是化解北方边患的天赐良机。可惜随着窦宪的倒台，于除鞬选择了叛逃。消息传来，刘肇随即命驻守当地的王辅与任尚联手展开追击，最终将其悉数歼灭。

于除鞬败亡后，北匈奴原先领地上残存的十万余户牧民顿时群龙无首，最后不得不投靠了乘势兼并其领地的鲜卑。与此同时，南匈奴单于屯屠何病逝，左贤王安国与右谷蠡王师子皆欲接任单于，安国因为地位更高而暂时胜出，师子却颇为忌恨。一时间南匈奴内部波诡云谲，气氛十分紧张。

永元六年（公元 94 年）正月，南匈奴内部发生政变，单于安国被自己的舅父骨都侯喜所杀，师子随即被拥立为“亭独尸逐侯鞮单于”。但这种形同篡位的做法，并不能真正的服众。几个月后，新加入南匈奴的北匈奴部族群起叛乱，拥立屯屠何的儿子日逐王逢侯为单于。随后他们集结了二十万之众，一路烧杀劫掠，试图穿越大漠北归。

刘肇第一时间委派邓鸿代理车骑将军职务，率领冯柱、朱徽等部前去平叛。此时逢侯势力已渐成气候，虽然在与汉军的交锋中损失了数万人，但最终还是成功地突破了边塞，逃回了漠北。

刘肇随后以“逗留不进、坐失军机”等罪名处死了邓鸿、朱徽等人，但却无法阻止南匈奴内乱的进一步发酵。永元八年（公元96年），南匈奴右温禺犊王乌居战发动叛乱，试图率部北归。幸亏度辽将军庞奋、越骑校尉冯柱迅速出兵打败乌居战，将他的残余部众及归降的南匈奴两万余人迁徙到安定、北地。同时，南匈奴的动荡还波及了西域，车师后部国王涿鞮反叛，出兵攻击车师前部，俘虏了车师前部国王尉毕大的妻子及儿女。

来自南匈奴和车师的一连串坏消息，让刘肇顿时变得手足无措，但幸运的是早在永元六年（公元94年）班超凭借着压倒性的优势，解决了西域最后的“钉子户”——焉耆、危须、尉犁三国。因此南匈奴的动荡，虽然影响到了车师，但并未动摇汉朝在西域的统治基础。

永元六年（公元94年）秋，班超征调龟兹、鄯善等八个属国的军队共七万余人，大举进逼焉耆、危须、尉犁三国，但这次班超并不急于进攻。当大军进抵尉犁国境时，班超便派使者通知三国的国王：“你们如果想要改过从善，就应该亲自来迎接，那么你们王侯以下的人都会得到赏赐。”

焉耆国王广虽然心怀疑虑，但还是派左将北鞬支送来牛酒，以试探班超的态度。班超对北鞬支说：“你虽然是匈奴侍子，我大汉的都护都亲自来了，你们国王竟然还不亲自前来迎接，是何道理啊？”最后赐给了北鞬支不少礼物，将他礼送回国。

对于班超的前倨后恭，很多部下并不理解。班超解释说：“北鞬支在焉耆国的权势很大，所以我们不能在尚未进入他们国境之前便杀了他。否则焉耆、危须、尉犁三国势必会强化边境的防御。如此一来，战争便会变得旷日持久！”焉耆国王广见北鞬支安然无恙，就亲率高官在尉犁迎接班超，奉献礼物。

焉耆国王广在与班超会晤之后，便感受到了来自汉朝的强大实力。因此回国之后，第一时间便下令拆毁了国境山口的桥梁，试图阻止汉朝联军的挺进。可惜班超早已摸清了焉耆境内的地形，联军从别的道路进入了焉耆，在距王城二十里的地方驻扎了下来。

焉耆国王广见势不好，试图弃城逃跑，躲入山中继续顽抗。焉耆国左侯元孟，过去曾在洛阳当过人质，他悄悄派使者向班超报信，但班超为了稳定焉耆国的贵族，竟当众斩杀了元孟的使者。得知消息的焉耆国王广终于打消了顾虑，率领尉犁王泛及北鞬支等三十多人亲自到班超的军营请降。焉耆国相腹久等十余人因为害怕而选择了逃遁，危须王也没有前来赴会。

班超在军营中设宴款待，酒过三巡、菜过五味之后，班超突然责问焉耆国王广等道：“危须王为什么不来？腹久等人为什么逃跑？”随即便将焉耆国王广、尉犁王泛等人悉数逮捕，押解至故城全部斩杀，以告慰当年死在焉耆国叛军之手的汉军将士。

处斩了广、泛等人之后，班超另立元孟为焉耆国王。为了稳定局势，班超率部又在焉耆国停留了半年，而后又荡平了危须国，才撤军返回。至此，西域又重新归附了汉朝，班超用了近二十年的时间终于实现了收复西域的理想。鉴于班超的功绩，刘肇在永元七年（公元95年）下诏册封班超为“定远侯”，赐食邑千户。从此之后，世人皆称班超为“班定远”。

功成名就的班超此时已经是六十多岁的垂暮老人了，他或许已经无力远行，但却还是怀着一颗向往远方的雄心。永元九年（公元97年），他委派属官甘英率领使团，从龟兹出发，西行疏勒，越葱岭，经大宛、大月氏前往以前从未抵达过的异域。

一年之后，甘英回来了。他告诉班超，他抵达了一个名叫安息（西亚古国）的国度，随后又到了阿蛮、斯宾、于罗等城市。他原本想要渡海前往大秦（中国史籍对罗马帝国的称呼），但是当地人告诉他，从这里前往大秦如果碰到顺风，需要三个月的时间，但如果风向不对，那么则可能要一两年。甘英只能无奈地转向东北，取道木鹿和吐火罗回国。

对于甘英向自己描述的异域风光，班超最初或许有过兴奋和冲动，但很快极端的无力感便油然而生。毕竟他已经垂老，再也没有下一个二十年、三十年可供拼搏。就在甘英东归后不久，班超便开始认真考虑自己的退休问题了。

名将思乡：传奇落幕，遗泽丰厚

永元十二年（公元100年），久在西域的班超开始因年老而思念故乡，他上书刘肇请求回国。他在奏折中这样写道："我不敢企望能到酒泉郡，但愿能活着进入玉门关。现在派遣我儿子班勇随同安息国的进贡使者入塞，趁我尚在人世，就让班勇替我看看故土的风土人情吧！"这份奏折呈上之后，并没有得到刘肇的回复。

得知了哥哥的困境后，班昭也忍不住向刘肇上书说："现在我哥哥已经年迈，随时可能去世，如果朝廷现在不安排人替代他的话，那么等到他去世后，西域势必将发生新的动荡。即便他还能支撑几年，但在局势猝然有变的情况下，我那老哥哥也力不从心啊！如果这样不改变的话，对上是损害国家累世建立的功业，对下则是毁弃忠臣竭力经营的成果，实在是令人痛惜！"

在阐释了这些基于政治和战略的理由后，班昭又动情地写道："我哥哥班超在万里之外为国家尽忠几十年了，如今已经老迈，被迫陈述困苦，请求退休，难道朝廷还不考虑批准吗？我曾听说，十五岁当兵，六十岁复员也有休息之日。因此我胆敢冒死代哥哥哀求，让他能够活着回来，再看看京城的城阙和皇宫吧！"

在班昭言辞恳切的哀求下，刘肇终于答应了班超退休的请求，并安排他与戊己校尉任尚进行工作交接。任尚虽有战功，但对班超还颇为客气，当面请教道："您在西域三十多年，如今我要接替您的职务了，自感责任重大，自己又见识短浅，希望您能予以指导。"

面对任尚的请教，班超谦虚地答道："我年事已高，智力衰退，而您多次担任要职，哪里是我班超能比得上的！如果一定要提建议，我就贡献一点愚见吧。西域各国心如鸟兽，难于扶植却容易叛离，清水则无鱼，您应当采取简单易行的政策，宽恕他们的小过，总揽大局就可以了。"

任尚表面对班超颇为恭敬，表示会认真听取他的建议，管理好西域。但在班超走后，他却私下对自己的亲信说："我以为班超会有奇策，而他今天所说的这番话，不过平平罢了。"

任尚正式任西域都护后，一意孤行，未采纳班超的建议，最终引发了西域诸国的再度反叛。延平元年（公元 106 年），任尚部被围困在疏勒国都无力突围，只能上书求援。汉朝连忙命令西域副校尉梁慬率领河西四郡的羌、胡骑兵五千人前往救援。在汉军巨大的军事压力下，西域诸国的叛乱才被再次平定。经此一役，汉朝改派骑都尉段禧接任西域都护之职。

安帝永初元年（公元 107 年），西域通往中原的道路又被阻断，朝中公卿纷纷提议："西域阻碍重重而距离遥远，又屡次反叛，官兵在那里屯戍垦田，经费消耗没有止境。"六月，汉朝再度撤销西域都护，派遣骑都尉王弘征调关中士兵将在伊吾和柳中屯田的官兵接回国内，汉朝再度放弃了西域。

班超是否预见到了任尚和段禧会断送自己多年努力的成果，我们不得而知。但是可以肯定的是，当永元十四年（公元 102 年）八月，班超回到阔别多年的洛阳，见到妹妹班昭等家人时，他是幸福的。虽然很快他身上的伤病便集中爆发，让他一病不起。刘肇得知消息后，连忙派出御医前来问病，但已经是无力回天了。九月，班超病逝于洛阳的家中。

在班超弥留之际，他或许会想起自己的哥哥班固，想起曾经兄弟一起读书，一起讨论天下大事的快乐时光。那时班超总取笑哥哥是个和父亲一样的书蠹，而自己则要前往西域，建立超越张骞、傅介子的功勋。

每当这个时候，班固都会故作深沉地答道："若无人著史，那千秋功业有谁知?"是啊！哥哥是对的。圣人所谓的"三不朽"，无论是立德、立功，还是立言，不都需要汗青书写才能流芳后世吗?

班超或许还会想起带领自己走上战场的奉车都尉窦固以及三十余位和自己一同在鄯善国同生共死的好兄弟，想起那句"不入虎穴，焉得虎子"的豪言壮语。每每念及这些，班超总会感到莫名的激动，仿佛那一夜吞噬了北匈奴使团的烈焰，至今仍在他的血管中燃烧，从未熄灭。

班超也还记得那个曾与自己相知相守的西域女子，也不免在午夜梦回之时为这份辜负而唏嘘。但是丈夫既已许国，便难徇私，儿女情长更不过是过眼云烟。"班超，你后悔吗?"，面对这样的喃喃自问，班超心中总会铿锵地答道："班超有憾，然一生无悔!"

至于那些贪得无厌的北匈奴铁骑、反复无常的莎车国王以及翻越葱岭气势汹汹而来的月氏大军，更曾是班超挥之不去的梦魇。但此时的他已然无所畏惧，因为他知道自己的儿子班勇已经成长为一个更胜于自己的将才，未来的西域，必将是他的主场。那么班勇之后呢？一个忧心忡忡的声音突然问道。

班超淡然地笑了，他知道他的努力或许在短时间之内会因为继任者的无能而毁于一旦，但是西域和汉朝之间的纽带是基于地缘政治和文化认同而紧密联系在一起的，并不是某一个外部势力所能阻挡的。随着时间的推移，一切终究都要重新回到固有的轨道上来，他坚信一定是这样的。